U0765332

书有道 • 阅无界

策划出品 | YUEKE 阅客

大家手稿

《作品》文学大系·手稿卷

（2014—2018）

杨克 主编

南方出版传媒
花城出版社
中国·广州

图书在版编目（CIP）数据

大家手稿：《作品》文学大系·手稿卷／杨克主编
. -- 广州：花城出版社，2021.10
ISBN 978-7-5360-8957-0

Ⅰ. ①大… Ⅱ. ①杨… Ⅲ. ①中国文学－当代文学－作品综合集 Ⅳ. ①I217.1

中国版本图书馆CIP数据核字（2020）第052030号

出 版 人：肖延兵
责任编辑：陈诗泳　梁宝星
特约编辑：邹雄彬
技术编辑：凌春梅
装帧设计：阅客·书筑设计

书　　名　大家手稿：《作品》文学大系·手稿卷
　　　　　DAJIASHOUGAO : ZUOPIN WENXUE DAXI ·SHOUGAO JUAN
出版发行　花城出版社
　　　　　（广州市环市东路水荫路 11 号）
经　　销　全国新华书店
印　　刷　深圳市精彩印联合印务有限公司
开　　本　787 毫米 ×1092 毫米　16 开
印　　张　25　1 插页
字　　数　330，000 字
版　　次　2021 年 10 月第 1 版　2021 年 10 月第 1 次印刷
定　　价　68.00 元

目录

（按姓氏笔画排列）

弋舟·手稿

《青春》阅读札记（随笔）

刊于《作品》2016 年第 2 期

《青春》阅读札记

弋舟

面向"读者"和"作者"的小说

由于促发我写出了一则序言，对于《青春》的阅读，便陡然变得饶有兴味了。这也是阅读能够带给我们诸般可能的又一个例证——每一次阅读，总会有这样或者那样的"暗线"将你与文本维系到一起。你从一己的心境、动机，甚或"功利"的目的出发，阅读就成为了一件为我所用的事情，在这个意义上，阅读本身，可能就成为了一次"创作"。

作为一个小说家，库切基本上能算作纳博科夫式的那类"文体家"，他的每一部作品，在形式上都有着鲜明的意图，他不重复自己，至少，不在形式上重复自己。

《青春》大约可以算作一部自传体小说。如果库切完全用第一人称来写这部作品，那么，它是否可以被称为"小说"，都是值得商榷的。作品里的主人公，年龄、履历，都与库切本人高度吻合。好在，他至少还给主人公取了一个名字，这令《青春》起码披上了"虚构"的外衣。除了片段式地记录了一个文学青年的"边缘人生"（在这一点上，它是有主旨的），作品几无贯穿性的情节。当然，是否必须有一个贯穿性的情节，这一点，我不认为是判断"小说"的准则，但是，基于大部分读者阅读"小说"时的潜在诉求，有没有一个贯穿性的情节作为阅读时的驱动，我认为还是有些必要的。

这就有关我们写作时的动机和自我期许了。我们必须承认，至少有这样两种"小说"的存在：一种朝向"读者"，一种朝向"作者"。这种划分，当然会失之片面。面对作品，除了作者本人，谁又能不是"读者"呢？但是显然，如果我们稍微深入一些去辨析，或者，即使作者本人，也是自己作品的读者；如果还要推演下去，将每一个"读者"都视为"作者"，也不是完全说不过去。但我不想将事情搞得太过复杂。

我想，我在此划分出的小说方向的"读者"，大约可以这样来描述——他们读一部小说，首先怀有一份对于故事的渴望，情节的连贯与逻辑性，能够部分地满足他们的阅读期待，他们需要被故事本身说服和打动，需要某种物理性的"真实"来映照自己"生活性"的感受；而小说方向的"作者"，则是这样一部分人——他们读一部小说，很难归纳出某种渴望，有时候，毋宁说他们对于阅读这个行为本身几无渴望，他们就像一个人无意中瞥了一眼镜子，那镜子中呈现出的物象，以一种幻觉式的"真实"，唤亮了他们"存在性"的感受。

这两者当然不会那么泾渭分明，但有时候如果不"简单粗暴"一些，我们可能便难以说事。

对于小说艺术的体认，至少我在目前这个阶段是不赞成过度强调"读者"的。那样，未免会令这门艺术显得过于傲慢，而傲慢会带来什么后果，谁都会猜测出个八九不离十。所以，在这个意义上，我不大愿意将《青春》视为一部好小说。

可是作为一个读者，我的自我判断是，我是这部小说所期向的那部分"作者"之一。这并不完全是在说我本人便是一个小说家，而是在说：当我阅读这样的小说时，有一种内在的、感同身受的、仿佛是在自我沉吟般的"创作"之感。从形式上，康切本来就是在描述一个文学青年的苦闷，主人公的气质似乎也与曾经的我暗合——都是那种举棋不定与优柔寡断，在各种微妙的扰动中一天天过着"春梦了无痕"的青春人生。但仅限于此，还并不足以完全令我生出"作者"之情，证据是，我极有可能也会从《红楼梦》中的焦大和《水浒传》中的李逵身上，读出某种近似的况味。

显然，作为"作者"的我，在阅读小说时，绝非是在照搬和复制小说中的生活经验，我并不想、起码并不十分想从小说中找到自己的肉身翻版；小说中的青年诗人与焦大、李逵在我而言，可能并无二致，因为，他们投注在我阅读中的、给我形成某种阅读趣味的，差强人意，或者可以被称之为——精神生活。

关于精神生活，从《青春》中摘选一个片段：

“他猜想阅读室还有别的和他一样孤独的常客，比如一个脸上有麻点的印度男人，身上发出汗和长时间未换的衬衫的气味。每次他去卫生间，那个印度人似乎都跟着他，似乎就要说话，但还是没能开口。

终于有一天，当他们并排站在洗脸池前的时候，那个男人开口了。你是国王大学的吗？他拘谨地问道。不是，他答道，是开普敦大学的。那人问他，愿意去喝茶吗？

他们一起在茶室坐了下来，那人开始大谈自己的研究，是关于环球剧院观众的社会成分结构的。尽管他并不特别感兴趣，还是在尽力注意听。

精神生活，他暗自想道，我们为之献身的是否就是这个？我以及在大英博物馆深处的这些孤独的流浪者，有一天我们会得到报答吗？

我们的孤独感会消失吗？还是说精神生活就是它本身的报答？”

这是身在大英博物馆阅读室里时，青年诗人对于自己的诘问。我猜，在没有和这位大谈剧院中观众社层划分结构的印度老兄交谈之前，对于“精神生活”，青年诗人还是颇为珍重的，并且，他还暗中希望吾道不孤，必定会有与自己怀有同样趣味的人。然而，事实不大不小地教育了他，痛切甚至“悲哀”地给出了这样一个“同类”的形象：身上发出郁十和长时间未换的绷带的气味。这个同类所敝帚自珍的“精神生活”，青年诗人“并不特别感兴趣”，我想，当他“还是在尽力注意听”的时候，某种“厌倦”之情已经难以觉察地笼罩了他。

再者说，这种“厌倦”之情，已经开始操纵他。一场精神上的“事故”由此发生了，否则，他不会暗自质疑自己的“精神生活”。这种生活必定让他感到自己付出了代价，可能那就是“孤独”，所以，他才会想象一个所谓的报答；实际上，他是渴望摆脱孤独的，所以他才想象有一天这孤独的消失；但当这样的憧憬在"同类"面前受挫时，他开始再一次给自己寻找意义，将这孤独的代价本身，揣测为一份褒赏。

回到小说本身。当小说过度驱散"读者"之时，会不会像一个"大谈剧院中观众社会成为结构"的印度表兄？当一种"精神生活"除了以"孤独"作为自己的根基之时，小说还能不能在朝向"作者"的那一面，站稳自己轻盈的脚跟？

我想，"读者"或许并不需要纠结这样的问题，他们只需将手里的小说扔掉，就像遇到一个"身上发生那十和长时间来积累的琐碎的乏味"的人时，绕行即可了；而"作者"，却要在这样尴尬甚至严峻的对峙中，回升自我的怀疑，解决那种多少有些令人羞愧的、自私的——厌倦。

厌倦之情和羞耻之心

没错，就是厌倦。

阅读小说者小时，正是因为捕捉到了这种

情绪，才促发我写出了那个勉为其难的序言。

我断非是在贬斥"青年患者"与"精神生活"，当我也将自己视为小说朝向的那部分"作者"之时，实际上我已经认领了自己作为一个"患者"的身份。我只是想唤起自己的某种警惕，因为我不想止步在一个年轻姑娘的门前。

在《青春》里，年轻诗人如此憧憬：

"他的希望是，从他活动于其中的有特点的人群中会出现一个回应他眼神的女人，一句话不说地悄然来到他的身旁，和他一起回到他的卧室兼起居室（仍然一句话不说——他们说的第一个字能够是什么呢？——文法错乱），和他做爱，消失在黑暗之中，第二天夜晚重又出现（他会坐在那儿看书，会传来一声敲门声），再次拥抱他，在钟敲十二点的时候再次消失，如此等等，从而改变他的生活，释放出涌泉般的禁锢在心的、按里尔克的《献给奥尔甫斯的十四行诗》的模式创作的诗歌。"

我想，这篇《聊斋》式的、千古"精神生活"者的美梦，必定也是我为之作序的那十二位兄弟的心声。于是，稍微客观一些，稍微自知一些，你就会明白，凭什么，那个女人就会"一句话不说"地光顾你，在你那简陋的"卧室兼起居室"的环境下鬼魂一般地拉扯你——而你热衷地还是什么以此释放出自己写出诗歌的灵感。

《青春》中的主人公想象自己在申领一个"难民"身份时，将会应对的困局：

"他不是难民；更确切地说，他就是声称自己是难民，在民政部那里也不会有一点用处。谁在迫害你？民政部会问。你要逃离的是什么？逃离厌倦，他会回答。逃离庸俗的市侩作风。逃离道德生活的萎缩。逃离耻辱。这样的辩护对他会起什么作用？"

那么，"鬼魂"们不妨一同先来回答这些问题：谁在迫害你？你要逃离的是什么？当大家都做着《聊斋》之梦时，最终是不会不导向"厌倦"呢？你做的这个梦，本身不就充满了市侩作风吗？你之憧憬，本身不就是有违"道德生活"的吗（或者，你自有你的一套道德生活的准则——这实在难以令人启齿了？好在，你还知道——耻辱。这样的辩护当然起不到什么作用，"民政部"的老爷们要是被你说服，那就实在是失职。

当我们以"青春"自认时，民政部原来并不会法外施恩，给予你一个"难民"的身份。于是"优待"无从谈起，那就像《聊斋》中的鬼狐一般，差不多只能是一桩春梦。

好在对于这一切，庇护冠以了"青春"之名。于是一切便堪可原谅——起码堪可自我说服。青春无疑是一面挡箭牌，是庇护所和防弹背心，以青春之名，过一种无力的、矫饰的、连"难民"待遇都无可谋求的生活，恰是一桩美事。手持青春，你便可以允许自己投身的运动，是一个"穿帅带一流球队的运动，是失败者的运动"。

反正，青春之名的庇护，写出了《耻》。

二〇一五年十一月
北京·鲁院

王久辛·手稿

《狂雪》（诗）

刊于《作品》2015年第9期

狂雪

——為被日軍屠殺的30萬南京軍民招魂

王久辛

（1）

大霧 從松軟或堅硬的泥層
慢慢升騰 大雪從無際
也無表情的蒼天 緩緩
飄降 那一天和那一天之前
預感 便伴隨着恐懼
悄悄 嚮南京圍來
霧一樣 濕濕的氣息
雪一樣 晶瑩的冰片
在城牆上
表現着 覆蓋的天賦
和滲透的才華 慌亂的眼神
在小商販瓦盆叮噹的撞擊中
濺出美妙 動人的清唱
我聽見 顫抖的鳥
一群一群

在晴空盤旋 我聽見
半個世紀後的今天上午
大雪 自我的筆尖點點飄來

〈2〉

有一片六只腳的雪花
伸著三雙潔白的腳丫
踩著逃得無影無蹤的雲的
位置的天空 靜靜地
嚮城下飄來 飄來
紛紛揚揚 城門
四個方嚮的城門 像一對夫妻
互相對望着 沒有主張那樣
四只眼睛 洞開
妳看看 妳看看
順著那眼睛 或順著那城門
妳們軍人 都看看

都看看 他們
中國的老百姓
那一張 又一張
菜色的 沒有生氣的臉
看看吧 我求妳了
我的 所謂的
擁有幾百萬精銳之師的中華民國啊
國民黨 多好的一個稱謂的黨
國民 國民的黨啊
妳們就那樣掄起中國式的大刀
一刀砍下去
就砍掉了國民 然後
只剩著個黨字
逆流而上 經過風光旖旎的
長江三峽 來到山城
品味起著名的重慶火鍋
口說 辣喲
娘稀屁

〈4〉

這时候 鬼子進城了
鉛彈 像大雨一樣
從天而降 大開殺的城門
殺的痛快得 像抒情一般
那種感覚
那種感覺 國人無人知曉
是那樣的 像砍甘蔗一樣
一梭子射出去
就有一排倒下 噗嗤
噗嗤 那種噗噗嗤嗤的聲音
在鬼子的心裏
被撞擊得狂野無羈
趴在機關槍上
與強奸犯的貪婪竟然異樣

（5）

街衢四通八達

刺刀 實現了真正的自由
比如 看見一位老人
刺刀並不說話
只是毫不猶豫地往他胸窩一捅
然後拔出來 根本
用不著看一看刺刀
就又往另外一位
有七個月身孕的
少婦的肚子上一捅
血 刺濺一步之遙的臉
根本顧不上抹 就又濺
一位 十四歲少女的陰部捅去
捅進之後 挑開
伴著少女慘驚怪異的尖叫
又用刺刀 往更深處捅

然後 又攪一攪

直到少女咽氣無聲

這才將刺刀抽出

露出東方人的 那種與中國人

並無多大差異的 獰笑

〈6〉

那天 他們揪住

我爺爺的弟弟的耳朵

並將戰刀放在他的脖子上

進行拍照 我爺爺的弟弟

抖得厲害 抖著軟了的身子

他無法不抖 無法不對剛剛

砍了一百二十個中國人的鬼子

產生恐懼 盡管

耳朵差點兒被揪下來

裂口 像剪刀那樣

剪著　撕裂的心

但是他無法不抖　無法面對

用屍體　壘起的路障

和挺起人的脊梁

無法不抖　無法不抖

〈7〉

那夜　全是幼女

全是素淨得像月光一樣的幼女

那疼痛的慘叫

一聲　又一聲

敲擊著古城的牆壁

又被城牆厚厚的漢磚

輕輕　彈了回來

在大街上　回蕩

妳聽　妳聽

不僅聽慘叫　妳聽

妳聽 那皮帶上的鋼環的
撞擊聲 是那樣的平靜
而又輕松 解開皮帶
又繫緊皮帶的聲音 妳必須
屏息靜氣地聽 必須
剔開幼女的慘叫
才能聽到
皮帶上的鋼環的碰撞聲
妳聽 妳聽啊
那清脆寒窣的聲音
像不像一塊紅布
一塊無涯無際的紅布
正在少女的慘叫聲中抖開
越來越紅 越來越紅
紅 紅啊
不理解斯特拉文斯基
《春之祭》旋律的朋友們
妳想象一下 這種獨特的紅色吧

那不是《國歌》最初的 音符嗎
那不是《國際歌》最後的 絕響嗎
妳聽 妳們聽呀

〈8〉

這不是西瓜
是桃狀的人心
是中國南京人的 人心
是山田 和龜田的下酒菜
我當然無法知道
這道佳肴的味道
我只好進行虛幻而又驚心的猜想
那位中國通的 日本軍官
也許 是從難民營裏
一千個男人中 挑出的
五個 健壯的男人
他 拍拍他們的肩
親切微笑著說 咪西咪西
便決定了開膛破肚的問題

他的士兵很笨

他下手了 大洋刀

從前胸插入從後背穿出

露出雪亮的 彎彎月牙

在沒有月光的陽光下

那健壯的男人

一個 兩個

三個 四個 五個

五顆健壯的中國人的 人心

拌成一道 下酒菜

他們像行家一樣 仔細品味

哟西哟西地 讓嘴唇

做出非常滿意的曲線

我無法知道

這道佳肴的味道

但我肯定知道

一個人 比如我

我的心

是無法被人吃掉的 除非

王祥夫·手稿

《珊瑚堂札记》（随笔）

刊于《作品》2016 年第 5 期

涉江采芙蓉兰泽多芳艸
采之欲遺誰所思在远道回
顾望故乡白云漫浩、同心而
離居忧伤令人老
入夜讀古詩十九首令人失眠
千古惟相同者情感也
此首与行、重行、同讀

山西省作家协会（甲午年二〇一四制）

古典名著中我偏喜金瓶梅与
红楼梦、金瓶梅写民居生活
更加活色生香 如西门大官人调
始見潘金蓮、其与王婆周旋
實在是写得太棒
若兰陵笑笑生在世与其笑谈
飲酒想必可做好友也

讀金瓶梅一記

山西省作家协会（甲午年二〇一四制）

君家住何處
妾住在横塘
停車暫借問
或恐是同乡
此二首起句
唐突都道出
思乡情切為古詩中急、
風上場範例

珊珊昔讀诗小記

是日讀川端康成小品：花未眠、女友所送百合入夜香氣反而濃烈起來：一如川端康成小品所寫令人失眠、花未眠其實是人未眠多情自古愛情所累、讀川端有記 時在丙申春夜予少年時喜消遣連環畫，收藏一整竹筒藏之小倉房，小鼠入其內做窩生小鼠，及至發現小人書均為粉沫，而圖內畫連環畫高手僅在者如上海之賀友直年過九秩尚能飲酒半斤，河北之韓羽先生癸巳年與予同飲高度酒八兩，談笑如常，予慚愧不如也

魯迅先生生性陰陽怪氣
其同一首诗中往往自相矛盾
如橫眉冷對千夫指俯首
甘為孺子牛，而其後部緊
跟一句躲進小樓成一統管
他冬夏與春秋
如通讲此詩不合理路也

卡佛之大教如學之好妙處在於不可解說，不可解說為小說之大妙，不可解說妙在何處哉。麥卡勒斯、傷心咖啡館之歌，知亦如此。小說之道，不可解則妙，可解、則大不妙。

珊瑚堂讀書小記

小山兄：

所要左右修竹四字大好清風感覺即在此四字中也

書後又一十紙

左右修竹與吾師

小幅兩窄條之或更雅

並請法正

珊瑚華女

夜讀貴州青年作家短篇小說、敲門記、大事件、雲灵太嫻魔幻手法表現中國之現實生活，極佳。嫻者，可謂以來三年當代短篇小說，可以為無出其右者也。讀此兩篇，竟至失眠。後生可畏，信說此子哉。

石舒清·手稿

《随笔选抄》（随笔）

刊于《作品》2018 年第 1 期

隨筆選鈔

万人如海一身藏，最庸俗的想法莫過於，一進古玩城，就想起這話來。

談到國學，王朔說：其實也就那么回事，就看他是用来行善，還是行騙。

你喜歡的東西会反映你，讓人看出你是一個什么样的人。試着把你喜欢的詩句不加思索地寫出来，你从中就可以发现你了。

江川瀾在「夏目漱石的百合」里說：我之所看有三：詩人之詩，书法家之書法，料理人之料理。

不同的角度看，鏡子的光是不一样的，即使極為細微的一個位移，鏡子也能有所察覺。敏感的人看到這一点吓坏了，說鏡子怎么了啊，看一眼一個样子。在無數可供選擇的角度里，鏡子生生無窮，繁衍無。不已。

就像晶长拉OK，你給我鼓掌几下，我給你鼓掌几下。都是慘淡經營。都是這样扯着破嗓子窮快樂。忽然会厌倦起來。台上空空的，台下一個觀衆也沒有。到底是看透這游戏了。

天都要塌下來了——多少人說過這話。無數說過這話的人都沒有了，天還好好的在頭頂，供人們在罵要仰望的時候仰頸望上一下。天[redacted]都要塌下來了，飞說着這話的人，恨不能鑽入土里，啃一嘴泥。

最高的統治术是使統治對象成為最容易統治的。

嚴冬之際，不生火的炉子看起來比別的東西要更冷一些。

習慣於在喇叭上說話的人又走入死胡同里去了，他有些不高興地喊着說：門開門開，讓我過去。因為他總是在喇叭上說話，所以每一次它入死胡同的時候，總有个人跟在他後面。

犁把的時候，会犁出肥白的虫子來，一副養尊处优的样子。它游象有些焰光，雖顯庸懶，但看样子還是在表达着它的不適或不快。行行游，

各有各的習性和所好，不過举手之勞，那就重新把它掩於泥土里吧。

把自己洗得太干淨的人令人

不安，他還需穿一件髒衣服才好出門。

記得小時候，在山地邊，會有一個看山的小房子，沒有比那更簡單的房子了，就像把一個空了的火柴盒放大了一下。里面的東西也是再簡單不過，鋪一桌麥紫，有一個枕頭就稱是奢侈的了。因要守夜，煤油灯是必須的。就這樣一個小屋子，好像也不缺什么。活過大半輩子了，難以言喻，有時候對這樣的小屋子竟充滿了特別的情懷和向往。覺得這樣的生活要是再簡单一些，就是近於神一樣的生活了。

大魚活在小池子里，小魚活在大池子里。把它們調過來吧。有時候因此会有一場革命，使兩個池子里都因此浸滿血液。而事情可能並無改觀。終於大魚先行厭倦起來，它变得馴順了。它有些着惱於自己的大。在填報各人信息的時候，它先是躊躇了一下，接着全然想通了似的寫下了兩個字：小魚。

反常的事其实并不難，所以偶尔出現一例時，就会成为目標和榜樣。比如电視上正在介紹一個女人，五十歲的年紀，十八歲的身材。確实，她確是。她說她經由鍛煉成了這样。她能說明什么呢？結果是，五十像十八歲的，只她一個而已。别的五十歲的女人聽過了，繼續做自己的五十歲而已。如此一個孤例，并不能帶來实質性的改觀。然而作為一個神話，那女人要被多次說及應是沒什么疑問的。

其实路上有塵土是好的。就怕一塵土也沒有，路看起來白寡寡的，像無盡的遺骨。風還在吹，我遠遠地出現在路上，這边看看，那边看看，

希望兩边的地里好歹長些什

么出來。因為在近处会顯得极度陌生，我就選擇在远得不能再远的地方站着。只要在路上站着就可以。風還在吹。光着身子的路不知道還能剩下什么来。這样的時候，你還不忘說自己是一個王侯有什么意思呢？你身無長物，倒是與這路相匹配。多少留一桌余地，給焦躁的風吹吧。

二〇一七年三月石舒清錄釗

东西·手稿

《没有语言的生活》（小说）

刊于《作品》2016 年第 7 期

河北日报　　1

·中篇小说·

没有语言的生活

王老炳和他的聋儿子王家宽在坡地上除草，玉米已高过人头，他们弯腰除草的时候谁也看不见谁。只有在王老炳停下来吸烟的瞬间，他才能听到王家宽刮草的声音。王家宽在玉米林里刮草的声音响亮而且富于节奏，王老炳以此判断出儿子很勤劳。

那些生机勃勃的杂草，被王老炳锋利的刮子斩首，老鼠和虫子窜出它们的巢四处流浪。

2

王老炳看见一团黑色的东西向他头部扑来，当他意识到撞了蜂窝的时候，他的头部、脸蛋以及颈部全被马蜂包围。他在疼痛中倒下，叫喊，在玉米地里滚动。大约滚了二十多米，他看见蜂团仍然盘旋在他的头顶，蜂团像一朵阴云紧追不舍。王老炳开始呼喊王家宽的名字。但是王老炳的儿子王家宽是个聋子，王家宽这个名字对于王家宽形同虚设。

王老炳抓起地上的泥土与蜂群作最后的抵抗，当泥土撒向天空时，蜂群散开了，[redacted]当泥土落下来的时候，黄蜂也落下来。它们落在王老炳的眼睛上鼻子和嘴巴上。王老炳感到眼睛快要被蜇瞎了。王老炳喊家宽，快来救我。家宽妈，我快完啦。

王老炳的叫喊像水上的波澜归于平静之后，

王家宽割草的声音显得愈来愈响亮。割了好长一段时间，王家宽感到有点口渴，便丢下割子朝他父亲王老炳那边走去。王家宽看见一大片肥壮的玉米被压断了，父亲王老炳翻天躺在被压断的玉米秆上，头部肿得像一个南瓜，瓜的表面光亮如镜照得见天上的太阳。

王家宽抱起王老炳的头，然后朝对面的山上喊狗子、山羊、老黑——快来救命啊。喊声在两山之间盘旋，久久不肯离去。有人听到王家宽尖利的叫喊，以为他是在喊他身边的动物，所以并不理会。当王家宽的喊声和哭声一同响起来时，老黑感到事情不妙。老黑对着王家宽的玉米地喊道：家宽——出什么事了？老黑连连喊了三声，没有听到对方的回音，便继续他的劳动。老黑突然意识到家宽是个聋子，他根

4

本听不到我的呼喊。于是老黑静静地立在地里，听王家宽那边的动静。老黑听到王家宽的哭声搀和在风声里，我爹他快死了，我爹捅了马蜂窝快被蜇死了。

王家宽和老黑把王老炳背回家里，请中医刘顺昌为王老炳治疗。刘顺昌指使王家宽脱掉王老炳的衣裤，脱尽衣裤的王老炳，像一头褪了毛的肥猪躺在床上，许多人站在床边围观刘顺昌治疗。刘顺昌把药水涂在王老炳的头部、颈部、手臂、胸口、肚脐、大腿等处，人们的目光跟随刘顺昌的手游动。王家宽发现众人的目光落在他爹的大腿上。他们交头接耳像是说他爹的什么隐私。王家宽突然感到不适，觉得躺在床上的不是他爹而是他自己。王家宽从床头拉出一条毛巾，搭在他爹的大腿上。

刘顺昌被王家宽的这个动作惊了一下，他把手停在病人的身上，对着围观的人们大笑。他说家宽是个聪明的孩子，他虽然是个聋子，但他已猜到我们在说他爹，他从你们的眼睛里脸蛋上猜出了你们说话的内容。

刘顺昌递给王家宽一把钳子，暗示他把王老炳的嘴巴撬开。王家宽用一根布条，在钳口处缠了几圈，然后才把钳口小心翼翼地伸进他爹的嘴巴，撬开他爹紧闭的牙关。刘顺昌从王老炳微张的牙缝往他嘴里灌药，刘顺昌一边灌药一边说家宽是个细心人，我没想到在钳口上缠布条，他却想到了，他是怕他爹痛呢。如果他不是个聋子，我真愿意收他做我的徒弟。

药汤灌毕，王家宽从他爹嘴里抽出钳子，

大声叫了刘顺昌一声师傅。刘顺昌被叫声惊住，片刻之后才回过神来。刘顺昌说家宽你的耳朵不聋了，刚才我说的你都听见了，你是真聋还是假聋？王家宽对刘顺昌的质问未作任何反应，依然一副聋子模样。尽管如此，围观者的身上还是起了一层鸡皮疙瘩，他们感到害怕，害怕刚才他们的嘲笑已被王家宽听到了。

十天之后，王老炳的身体才基本康复，但是他的眼睛什么也看不见了，他成了一个货真价实的瞎子。不知情的人问他，好端端的一双眼睛，怎么就瞎了？他总是不厌其烦地回答：是马蜂蜇瞎的。由于他不是天生的瞎子，他的听觉器官和嗅觉器官并不特别发达，他的行动受到了局限，没有儿子王家宽，他几乎寸步难行。

7

7 [illegible]

老黑养的鸡东一只西一只地死掉[redacted]。起先老黑还有工夫把死掉的鸡捡回来拔毛，弄得鸡毛满天飞。但是一连吃了三天的死鸡肉之后，老黑开始感到腻味。老黑把那些死鸡埋在地里，丢在坡地。王家宽看见老黑提着一只死鸡往草地走，王家宽知道鸡瘟从老黑家开始蔓延了。王家宽拦住老黑，说你真缺德，鸡瘟来了为什么不告诉大家。老黑嘴皮动了动，像是辩解[redacted]。王家宽什么也没听到。

第二天，王家宽整理好担子，准备把家里的鸡挑到街上去卖。临行前王老炳拉住王家宽，说家宽，卖了鸡后给老子买一块肥皂回来。王家宽知道爹想买东西，但是不知道爹要买什么东西。王家宽说爹，你要买什么？王老炳用手

9

他想从那些声音里辨出王家宽的声音。但是他一次又一次地失望，他听到了一个孩童在大路上唱的一首歌谣，孩童边唱边跑，那声音很快就干干净净地消逝了。

热力渐渐从王老炳的身上减退，他知道这一天已接近尾声。他听到收音机里的声音向他走来，收音机的声音掩没了王家宽的脚步声。王老炳不知道王家宽已回到家门口。

王家宽把一条毛巾和一百元钱塞到王老炳手中。王家宽说爹，这是你要买的毛巾，这是剩下的一百元钱，你捡好。王老炳说你还买了些什么？王家宽从脖子上取下收音机，凑到王老炳的耳边，说爹，我还买了一个小收音机给你解闷。王老炳说你又听不见，买收音机干什么？

10

收音机在王老炳手中咿咿呀呀地唱，王老炳感到一阵凄凉。他的手里捏着毛巾、钞票和收音机，惟独没有他想买的肥皂。他想肥皂不是非买不可的，但是家宽怎么就把肥皂理解成毛巾了呢？家宽不领会我的意图，这日子怎么过下去。如果家宽妈还活着，事情就好办了。

几天之后，王家宽把收音机据为己有。他把收音机吊在脖子上，音量调到最大，然后走家串户。王家宽走到哪里，哪里的狗就对着他狂叫不息。即便是很深很深的夜晚，有人从梦中醒来，也能听到收音机里不知疲劳的声音。伴随着收音机嚎叫的，是王老炳的责骂。王老炳说你这个聋子，连半个字都听不清楚，为什么把收音机开得那么响，你这不是白费电池白费你老子的钱吗？

吃罢晚饭，王家宽最爱去谢西烛家看他们打麻将。谢西烛看见王家宽把收音机紧紧抱在胸前，像抱一个宝贝，双手不停地在收音机的壳套上摩挲。谢西烛指了指收音机，对王家宽说，你听得到里面的声音吗？王家宽说我听不到但我摸得到声音。谢西烛说这就奇怪了，你听不到里面的声音，为什么又能听到刚才我的声音？王家宽没有回答，只是嘿嘿地笑，笑过数声后，他说他们总是问我。听不听得到收音机里在说什么？嘿嘿。

慢慢地王家宽成了一些人的中心，他们跨进谢西烛家的大门，围坐在王家宽的周围。一次收音机里正在说相声，王家宽看见人们前仰后合地咧嘴大笑，也跟着笑。谢西烛说你笑什

东君·手稿

《台湾七夕谈》（散文）

刊于《作品》2015 年第 2 期

內裝的不是「年」和「月」，而是八天時間，嚴格地說，是八天七夜。

此番去台灣，是從溫州機場直飛。《山海經》中說「甌居海中」。但從飛機上看，古稱「東甌」的溫州已無復初時孤懸海外的地景。溫州港離台灣基隆港一百六十九海里，離釣魚島一百九十二海里。上為碧落，下為滄海，魚鳥沒有國籍，可以自由穿梭。這陣子，中日關係喫緊，人們突然開始關注領空的物質性存在。人世間，哪裡有物，哪裡就有虛空；這天上何嘗不是如此，哪裡有虛空，哪裡就有物。這麼說，是不是有點形而上的味道？好吧，就讓思想隨同飛機緩緩降落。俯瞰寶島，它更像是古人所說的那種居於海中的「甌」；尚能從太空遙望台灣島，它或許就是一顆星子，被憂

台灣：七夕談（節選）

東君

壹　十二月廿六日

在機場書店看到這樣一本外國漫畫：一個名叫查理的男孩，打算以一種更好的法子來花掉自己手中那一大把時間。想來想去，始終拿不定主意。因此，他就選擇了出門旅行。出發之前，他把時間打成了包（如何打包我也記不清楚了，大約是先把圓圓的「年」捆成一大包，再把方方的「月」折疊成一片，然後把日疊加其上，末了把一大堆「小時」、「分」和「秒」揉成一團，全部塞進旅行箱）。查理拍拍旅行箱，覺着它是堅實的，讓人放心的。與查理不同，我的皮箱罰壹萬台幣。我不喫菸，故不覺着難受。許先生就不同了，坐在餐館裏，指間沒有夾着一支燃菸，不免顯得有點不自在。菸與酒，都是可親之物。看着許先生的表情，想着張枣的一句詩「我用沉默的嘴唇向你致敬」，又覺着十分好笑了。

呂抵台第一晚，住圓山飯店。憑欄遠眺，城市爽潔。不見煙塵，不見吊車傲慢的長臂。一片晚雲停泊在遠處一座高樓上空，淡若炊煙。這些年，大陸的一些城市彷彿一夜之間從侏儒變成了巨人，我們以為高樓就是現代都市的標誌，以為生產力就是征服自然的能力，生態被破壞了，人心也變渾濁了。走在街頭，感覺世風平庸。團長老趙嘴邊時常挂着這樣一句話：我們需要平和的面孔。走在台北街頭是到處可以見到鬱的深藍包圍着，浸透了詩意的孤獨。台灣是否就是否就是傳說中的東海神山瀛洲？我沒有效仿考學那樣去做嚴密的攷証。至於那種「飲數升輒醉，令人長生」的玉酒，大約已被僊客們喝完了。

來台第一頓飯，我們就喝銘傳大學贈送的金門高粱。喝完酒，有人犯了菸癮。擡頭看，牆上寫明：禁止喫菸。還好，我們都是以文化人自居，自然能看得懂繁體字。溫州話裏，通常也是把抽菸稱為「喫菸」的。但「烟」與「菸」有何區分，真的是沒有深究。後來請教本地人，才明白，菸是指菸草，而煙是指物質燃燒之後的霧狀氣體。到了大陸，菸、煙不分，以為可以以簡御繁，實則鬧了笑話。關於這點，我想還會在後面談及。台灣禁止在公共場所「喫菸」，違者依處五本可買可不買的舊書。出口處還有一台紫外綫滅菌櫃。打開，將一摞書放進去；四十秒之後打開，取書，裝進二手紙袋，提走。門外寒氣撲來。聽說這段時間台北的流感又悄悄地來了。

偶經師大書苑，買了一本最新修訂的《國語活用辭典》，二三四五頁，大約跟我們大陸新版《現代漢語詞典》差不多厚，但翻了之後，分量孰輕孰重，就不必說了。《國語活用辭典》是一家圖書公司印行的，扉頁間夾有一紙廣告語，大意是問讀者：古代的「公主」為什麼是男生？「每下愈況」是指豬的哪個部位？露馬腳其實是露誰的馬腳？「百貨公司」和乾隆皇帝有啥關係？諸如此類的知識例舉十多條，然後告訴讀者這些有趣的問題在這本辭典裡都能找得到答案。為這樣的面孔的。

我們出去逛街，逛的就是書店。台北不少書店仍沿襲「書局」舊稱，頗類藥局。為什麼叫局？也沒有查過辭典，問過行家。書與藥都有治病的功效，有病喫藥，無聊讀書，概不離「局」。祇是，書可以常讀，藥不可多喫。台北書店的打烊時間大都很晚，這個城市也祇要有耐得住寂寞的讀書人，就會有耐得住寂寞的書店。它們在燈紅酒綠之間，默默存守。我們逛的第一家書店便是坐落在師大附近的茉莉二手書店。茉莉，很好聽的名字。買書經年也積累了一定經驗，哪裡書好，哪裡書不好，僅憑嗅覺似乎都能分辨一二。這大概就叫聞香識書罷。我的目光草草過去，即覺這家書店的書不大合我胃口，儘管如此，我還是挑了四書店找到了這本辭書，但手頭已有《國語活用辭典》，就不擬再買。曾託人購買一部《重編國語辭典》（八二版）皆未尋獲。聽說這本辭書比我們「現漢」的詞條多十萬餘條。逛書店時，淘書心切，竟忘了打聽此書。

當晚，最讓人稱意的一家書店便是坐落於師大路一條巷子儘頭的「舊香居」。一進門，我就感覺氣息不錯，腦子裡隨即跳出一大串書名來——我在書店裏時常碰到這樣一種令人費解的怪事：要找什麼書的意念剛剛掠過腦際，那本書就忽地跳到眼前，讓人驚喜莫名（神啊，為什麼我要找的書都能在若干年後與我不期而遇？）。像商禽的《夢或黎明及其他》（書林出版）、瘂弦的《中國新詩研究》（洪範印行）、七等生的《隱遁者》（遠行出版）就是這樣被我淘到的。

家那本插架歲久的《現代漢語辭詞典》的封底亦有廣告語，上面堂而皇之地印着：這是一本久享盛譽的規範型詞典，「按國務指示編寫」（相當於欽定），指定「一家百年歷史的出版名社「商務印書館」出版。官氣十足的廣告語，很有點拿大的意思。再讀前面言，跟藥物說明書一樣，寡味得很。現在大陸編纂的一些辭書、教科書、方誌之類都有一種相類的氣味，讓人難受。早前看到南懷瑾先生開出的國學書籍的書單中，前三部都是辭書：《御定康熙字典》、《新修康熙字典》、《遠東國語辭典》。我不知道《御定康熙字典》與《新修康熙字典》有什麼不同之處，不做學問，也沒細究。至於《遠東國語辭典》，據說收錄單字最多（辭典的範圍自然要比詞典更廣）。在華師大附近的但祇是石頭、鐘鼎祇是廢铜烂鐵，文字祇是符號。他就是那樣七等生地生活着，即使別人不讓他滾蛋，他自己也會滾蛋。」七等生在台灣有「隱遁的小角色」之稱。像《我愛黑眼珠》的創作時間註明是一九六七年四月十日。彼時，大陸正在革文化的命，而台灣一批作家與詩人不僅守住了中華文化的香火，還保住了西方現代派在中國的延續。「李白死了，月亮死了，所以我們來了」纪弦在一首诗中这样写道。

為什麼要買七等生的書？因為我一直覺着他是一個寂寞的作家。九十年代初在北師大出版社出版的一套文學新潮叢書中偶爾讀到七等生的短篇小說《憧憬船》，心底十分喜歡。讀其文，不知其人，但這名字一直深印腦中。後來在台灣小說選講》（上冊）中讀到七等生的兩個短篇《我愛黑眼珠》和《白日噩夢》，并且讀到了有關七等生的若干介紹文字。有人這樣介紹他：「不僅名字給人以怪異的感覺，他的生活更給人不穩定的印象。他幾乎沒法在某一點上固定下來，即使生活將他放逐到深山裏，（他曾經生活在高山裏），他仍然是那副任性的樣子。好像他沒想過身邊還有別的人，還等因奉此，還有鞠躬作揖，禮尚往來，就連文字，他也沒想過有什麼章法存在。對他來說墓碑

付秀莹·手稿

《陌上》（小说）

刊于《作品》2018年第3期

在芳村，没有谁比我们家更关心星期了。在芳村，人们更关心初一和十五，二十四节气。星期，是一件遥远的事，陌生而洋气。我很记得，每个周末，不，应该是过了周三，家里的空气就不一样了。到底有什么不一样呢，我也说不好。正仿佛发酵的面，醺醺然，甜里面，带着一丝微酸，一点一点地，慢慢膨胀起来，让人有一种说不出的喜悦，还有隐隐的不安。母亲的脾气，是越发好了。她进进出出地忙碌，根本无暇顾及我们。我知道，这个时候，如果提一些小小的要求，母亲多半会一口答应。假如是犯了错，这个时候，母亲也总是宽容的。至多，她高高地举起巴掌，然后，在我的屁股上轻轻落下来，也就算了。到了周五，傍晚，母亲派我们去村口，她自己，则忙着做饭。通常，是手擀面。上马饺子下马面。在这件事上，母亲近乎偏执了。我忘了说了，在厨房，母亲很有一手。她能把简单的饭食料理得有声有色。在母亲的一生中，厨艺，是她可以炫耀的为数不多的几个资本之一。有时候，惹着父亲一向

20x20=400

吃着母亲的饭菜，一面赞不绝口，我就不免想，学校里的食堂，一定是很糟糕。一周一回的牙祭，父亲同我们一样，想必也是期待已久的了。母亲坐在一旁，欹着身子，随时准备为父亲添饭。灯光在屋子里流淌，温暖，明亮，油炸花生米的香味在空气里弥漫，有一种肥沃繁华的气息。欢腾，跳跃，然而也安宁，也妥帖。多年以后，我依然记得那样的夜晚，那样的灯光，饭桌前，一家人静静地吃饭，父亲和母亲，一递一句地说着话。也有时候，什么也不说，只是沉默。院子里，风从树梢上掠过，簌簌响。小虫子在墙根底下，唧唧地鸣叫。一屋子的安宁。这是我们家的盛世，我忘不了。

芳村这个地方，怎么说呢，民风淳朴。人们在这里出生，长大，成熟，衰老，然后，归于泥土。永世的悲欢，哀愁，微茫的喜悦，不多的欢喜，在一生的光阴里，那么漫长，又是那么短暂。然而，在淳朴的民风里，却有一种很旷达的东西。我是说，这里的人们，他们没有文化，却看破了很多世事。这是真的。比如说，

20x20=400

2

生死。村子里，谁家添了丁，谁家老了人，在人们眼里，仿佛庄稼的春天和秋天，发芽和收割，是再平常不过的事情。往往是，灵前，孝子们披麻戴孝，红肿着一双眼，接过旁人扔过来的烟，点燃，缓缓地吸上一口，容颜也就渐渐开了。悲伤倒还是悲伤的。哭灵的时候，声嘶力竭，数说着亡人在世的种种好处和不易，令围观的人都唏嘘了。然而，院子里，响器吹打起来了，悲凉的调子中，竟然也有几许欢喜。还有门口，戏台子上，咿咿呀呀唱着戏。才子佳人，花好月圆。峨冠博带，玉带蟒袍。大红的水袖舞起来，风流千古。人们喝彩了。孩子们在人群里跑来跑去，尖叫着。女人们在做饭，新盘的大灶子，还没有干透，湿气蒸腾上来，氤氤的，混合着饭菜的香味，令人感到莫名的欢腾。在这片土地上，在芳村，对于生与死都看得这么透彻，还有什么看不开的呢？然而，莫名其妙的，在芳村，就是这么矛盾。在男女之事上，人们似乎格外看重。他们的态度，既开通，又保守。这真是一件颇费琢磨的事情。

20x20=400

3

父亲回来的夜晚，总有人来听房。听房的意思，就是听壁角。常常是一些辈分小的促狭鬼，在窗子下埋伏好了，专等着屋里的两个人忘形。在芳村，到处都流传着听来的段子，经了好事人的嘴巴，格外的香艳撩人。村子里，有哪对夫妻没有被听过房？我的父亲，因为长年在外的缘故，周末回来，更是被关注的焦点。为了提防这些促狭鬼，母亲真是伤透了脑筋。父亲呢，则泰然多了。听着母亲的唠叨，只是微笑。现在想来，那个时候，父亲不过才三十多岁，正是一个男人一生中最好的年华。成熟，笃定，从容，也有血气，也有激情。还有，父亲的眼镜。在那个年代，在芳村，眼镜简直意味着文化，意味着另外一种可能。父亲的眼镜，它是一种标志，一种象征，它超越了芳村的日常生活，在俗世之外，熠熠生辉。我猜想，村子里的许多女人，都对父亲的眼镜怀有别样的想象。多年以后，父亲步入老年，躺在藤椅上，微闭着双眼，养神。旁边，他的眼镜落寞地躺着。夕阳照在镜框上，一线流光，闪烁不已。

20x20=400

4

我不知道，这个时候，父亲会想到什么。他是在回想他青枝翠叶般的年华吗？那些肉体的欢腾，那些尖叫，藏在身体的秘密角落里，一经点燃，就喷薄而出了。它们曾那么真切地存在过，让人慌乱、战栗。然而，都过去了。一片阳光从树叶的缝隙里漏下来，落在他的脸上，他微微蹙了蹙眉，把手遮住额角。

周末的午后，母亲坐在院子里，把簸箕端在膝头，费力地勾着头。天热，小米都生虫子了。蝉在树上叫着，一声疾一声徐，霎时间，就响成了一片。母亲专心拣着米，也不知想到了什么，就脸红了。她到屋里张了张，父亲正拿着一本书在看，神态端正，心里就骂了一句，也就笑了。她顶喜欢看父亲这个样子。当年，也是因为父亲的文化，母亲才绝然地要嫁给他。否则，单凭父亲的家境，怎么可能？算起来，母亲的娘家，祖上也是这一带有名的财主。只是到后来，没落了。然而架子还在。根深蒂固的门户观念，一直延续到我姥姥这一代。在芳村，这个偏远的小村庄，似乎从来没有受到时

20x20=400

5

代风潮的影响。它藏在华北平原的一隅，遗世独立。这是真的。母亲又侧头看了一眼父亲，心里忽然就跳了一下。她说，这天，真热。父亲把头略抬一抬，眼睛依然看着手里的书本，说可不是——这天。母亲看了父亲一眼，也不知为什么，心头就起了一层薄薄的怆惋。她闭了嘴，专心拣米。半晌，听不见动静，父亲才把眼睛从书本里抬起来，看了一眼母亲的背影，知道是冷落了她，就凑过来，伏下身子，逗母亲说话。母亲只管耷着眼皮，低头拣米。父亲无法，就叫我。其时，我正和邻家的三三抓刀螂，听见父亲叫，就跑过来。父亲说，妮妮，你娘她，叫你。我正待问，母亲就扑哧一声，笑了，说妮妮，去喝点水，看这一脑门子汗。然后回头横了父亲一眼，错错牙，你，我把你——狠恨了。我从水缸子的上端，懵懵懂懂地看着这一切，内心里充满了莫名的欢喜，还有颤动。多么好。我的父亲和母亲。多年以后，直到现在，我总是想起那样的午后。阳光。刀螂。蝉鸣。风轻轻拂过，挥汗如雨。这些，都

20x20=400

6

与恩爱有关。

周末的时候，四婶子很少来我家。偶尔从门口经过，被我母亲叫住，稍稍立一下，说上两句，很快就过去了。看得出，母亲很希望别人同她分享自己的幸福。母亲红晕满面，眼睛深处，水波荡漾，很柔软，也很动人。说着话，常常忽然就失了神。人们见了，辈分小的，就不禁开起了玩笑。母亲轻声抗辩着，越发红了脸。也有时候，四婶子偶尔来家里，同我母亲在院子里说话。我父亲在屋子里，静静地看书。我注意到，这个时候，他看得似乎格外专心。他盯着书本，盯着那一页，半晌，也不见翻动。我轻轻走过去，倒把他吓一跳。说妮妮，搞什么乱。

事情是什么时候开始发生变化的呢，我说不好。总之，后来，记忆里，我的母亲总是独自垂泪。有时候，从外面疯回来，一进屋子，看见母亲满脸泪水，小小的心里，既吃惊，又困惑。母亲看到我，慌忙掩饰地转过身。也有时候，会一把把我揽进怀里，低低地啜泣不已。

20x20=400

我伏在母亲的胸前，不知道究竟发生了什么。母亲的身体微微颤抖着，我能够感觉到，来自她内心深处的强烈的风暴，正在被她竭尽全力地抑住。我想问，却不知道该问什么，如何开口。在我幼小而简单的心目中，母亲是无所不能的。她能干。这世上，没有什么能够难倒她。后来，我常常想，当年的母亲，一定知道了很多。她一直隐忍，沉默，她希望用自己的包容，唤回父亲的心。她装作什么都不知道。平日里，家里家外，她照常操持着一切。每个周末，她都会像往常一样，迎接父亲回来。对父亲，她只有比从前更好，温存，体贴，甚至卑屈，甚至谄媚。而且，一向不擅修饰的母亲，竟也渐渐开始了打扮。多年以后，我才发现，原来，母亲的打扮是有参照的。当然，你一定猜到了，这个参照，就是四婶子。

怎么说呢，在芳村，四婶子是一个特别的人物。四婶子的特别，不仅仅在于她的标致。更重要的是，四婶子有风姿。这是真的。穿着家常的衣裳，一举手，一投足，就是有一种动

20x20=400

8

人的风姿在里面。你相信吗？也有这样一种女人，她们天生就迷人。她们为男人而生。她们是男人的地狱，她们是男人的天堂。直到后来，我常常想，父亲这样一个读书人，敏感，细腻，也多情，也浪漫，偏偏遇上四婶子这样的一个人物，什么样的故事是不可能的呢？我忘了说了，四叔，四婶子的男人，早在新婚不久，就辞世了。据说是患了一种怪病。村子里的人都说，什么怪病。丑妻，近地，家中宝。这是老话。也有人说，桃花树下死，做鬼也风流。听的人就笑起来，很意味深长了。

关于父亲和四婶子，在芳村，有很多版本，流传至今。在人们眼里，这一对人儿，一个郎才，一个女貌，真是再相宜不过了。然而——人们叹息一声，就把话止住了。然而什么呢？人们摇摇头，又是一声叹息。我说过，芳村这个地方，对于男女之事，向来是自相矛盾的。保守的时候，恨不能把犯错的人淹死。开通的时候，怎么说呢，在芳村，庄稼地里，河套的林子间，村南的土窑后面，在夜色的掩映下，

20x20=400

有多少野鸳鸯在那里寻欢作乐？有时候，我想，父亲和凤姨姨，他们之间，或许真的热烈地爱过。也或许，一直到老，他们依然在爱着。我不愿意相信。当年，父亲只是偶一失足，犯了男人们常犯的毛病。当然，这一桩风流事惹恼了很多人。男人们，对我的父亲咬牙切齿。女人们，则恨不能把凤姨姨撕碎。她们跑到母亲面前，声声讨伐着，替母亲不平。在她们眼里，父亲是无辜的。是凤姨姨，这个狐狸精，勾引了父亲，坏了他的清名。母亲只是听着，也不说话，脸上淡淡的，始终看不出什么。

周末，父亲照常地回家。我和哥哥受母亲的委派，在村口迎他。夕阳在天边慢慢融化了，绯红的霞光，一片热烈，简直就要燃烧起来了。远处的村啊庄稼啊都被染上了一层薄薄的金红。远远地，有一个黑点渐渐移过来，越来越近，越来越近。是父亲。我们欢呼起来。

暮色一点一点笼罩下来，黄昏降临了。我们跟在父亲身后，雀跃着，回家。淡紫色的炊烟在树梢上缠绕，同向晚的天色融在一起，很

20x20=400

白描·手稿

《写给远去的路遥》（散文）

刊于《作品》2017 年第 11 期

写给远去的纤道

明天你就要去三峡，去那个生你的母亲[illegible]择流接受人们的送别，此后走向远方。是的，我宁愿把你时时放在记忆里一样来待，而不愿相信你是真的离开了这个世界。

17日下午，宜昌市文联和晚霞杂志社的朋友打来长途电话，告诉我[illegible]，说你走了。我只能想象你们的离别，接着[illegible]电话里传来的声音，好像是[illegible]

[illegible]。[illegible]

仅仅16天之后，11月11日，我闻讯赶来送别，还要去

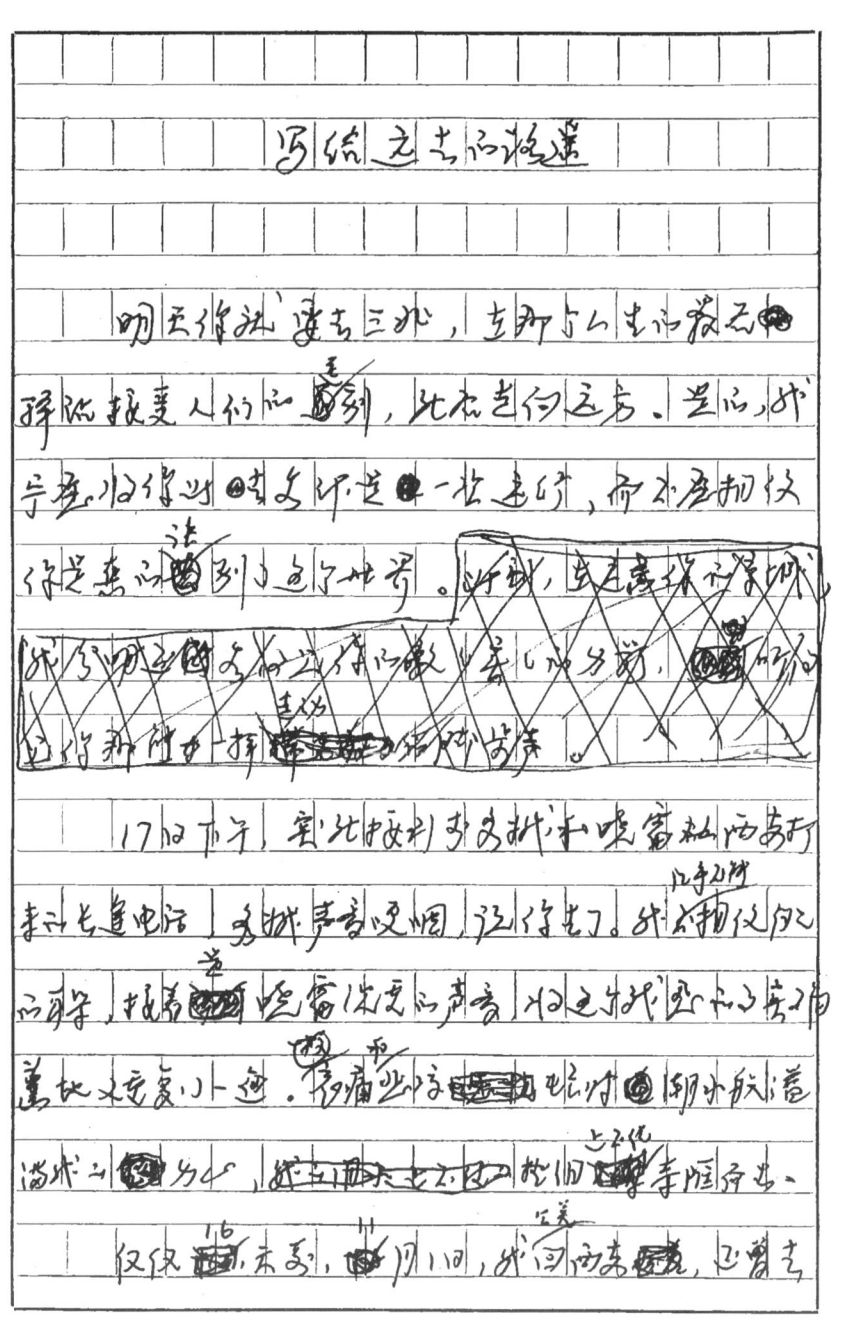

医院看望你。[illegible]和上次住院时病例中你还是以走路的

不出门，全部由他告诉我的。那是九月一日，你精神还算

不好。我当时[illegible]走到你那病房你倚着床头，带着你特有的

笑给我述说你的病情。你也就是在那个时候，你精神和气力还可以

保持，我[illegible]不相信会有什么病魔能击倒你。可是

去医院那次看到你虚弱的样子，我不由[illegible]紧张了，看到

我[illegible]的团结了，[illegible]旧样以[illegible]的背影下，我们握手[illegible]，

看田野。你说的话我都记得，你说你不会被打倒，记住了

我竟惊慌起来，你[illegible]握着你的手说：

“我一定要好起来！”我[illegible]不相信你的话，[illegible]

[illegible]以相信天使

夜晚来临，[illegible]

[illegible]我你的话你是最棒的，

你拼搏奋斗了，对生命永不停止，[illegible]。我

你们拼命还在坚持着与病痛斗争，你的拼搏精神，[illegible]你们

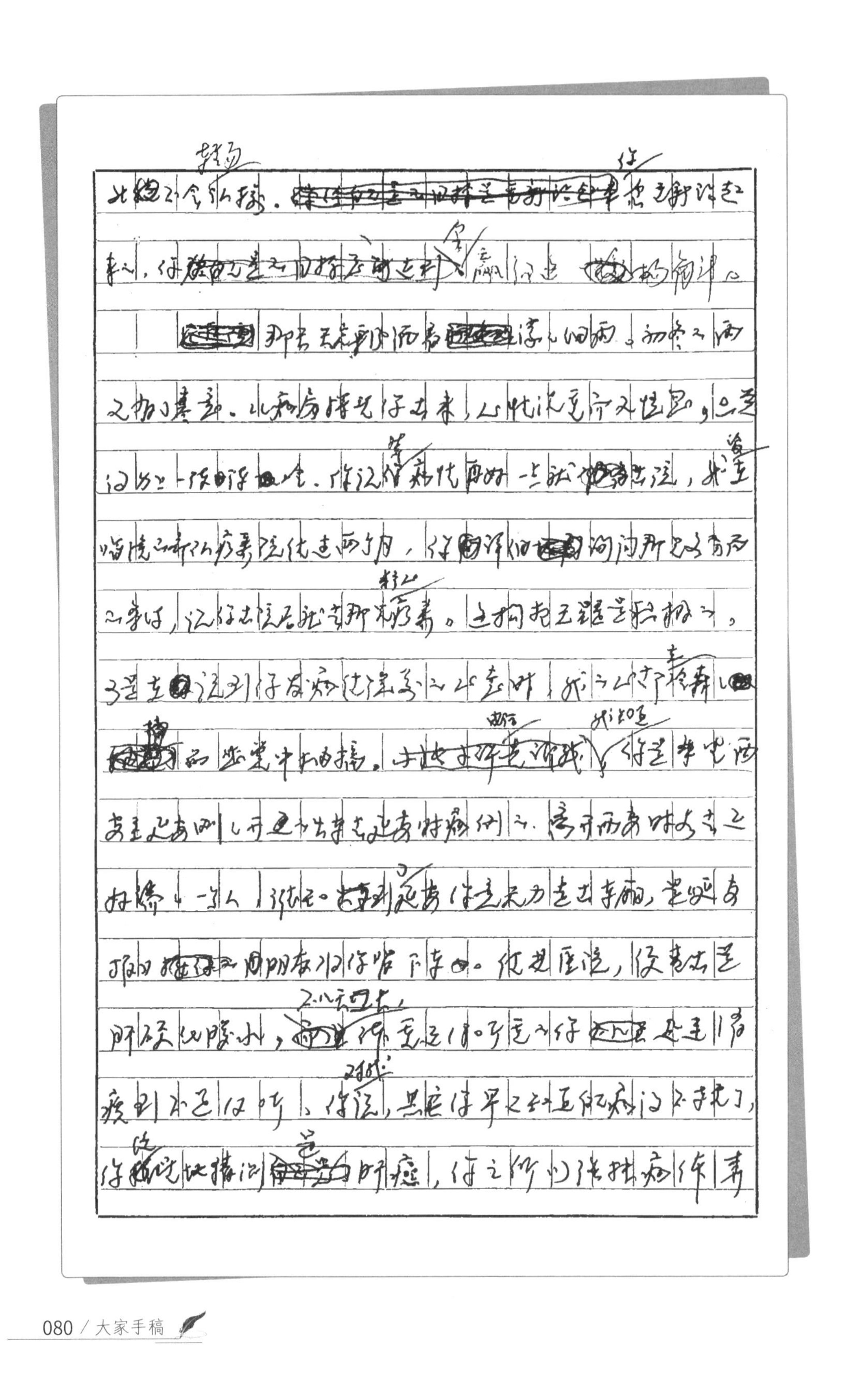

[illegible]

向远方，为了就是在那块无任何人的土地上寻找一处

合适的地方，在那里亲手修建宁静的小村落，守一份白

布，静静躺下，从此修炼，去面对另一个世界。你为何放弃

真是一种难得的信仰！你为

何以此作为你的归宿？是一种以衰老换来的平静，

可是，你是何以甘心把生命交给这片土地。难道没有别的

你想走回过去的家吗，只想你本人。你对生活

无所牵挂不留任何遗言，而你为这片土地所付出的辛劳

你的信念。在那片荒芜的土地上，你以汗水种下，

你走过的每一条路，都是你留下的足迹。人生

何以为你带来的这片土地的无限之美。

这是你用生命书写的，那片大地，也许正是你

读懂生活的真谛，你把一切都献给了这片土地的生命

的。人生之路多坎坷，而你选择了自己的道路！

你从此在那块土地上生活了十年。你是

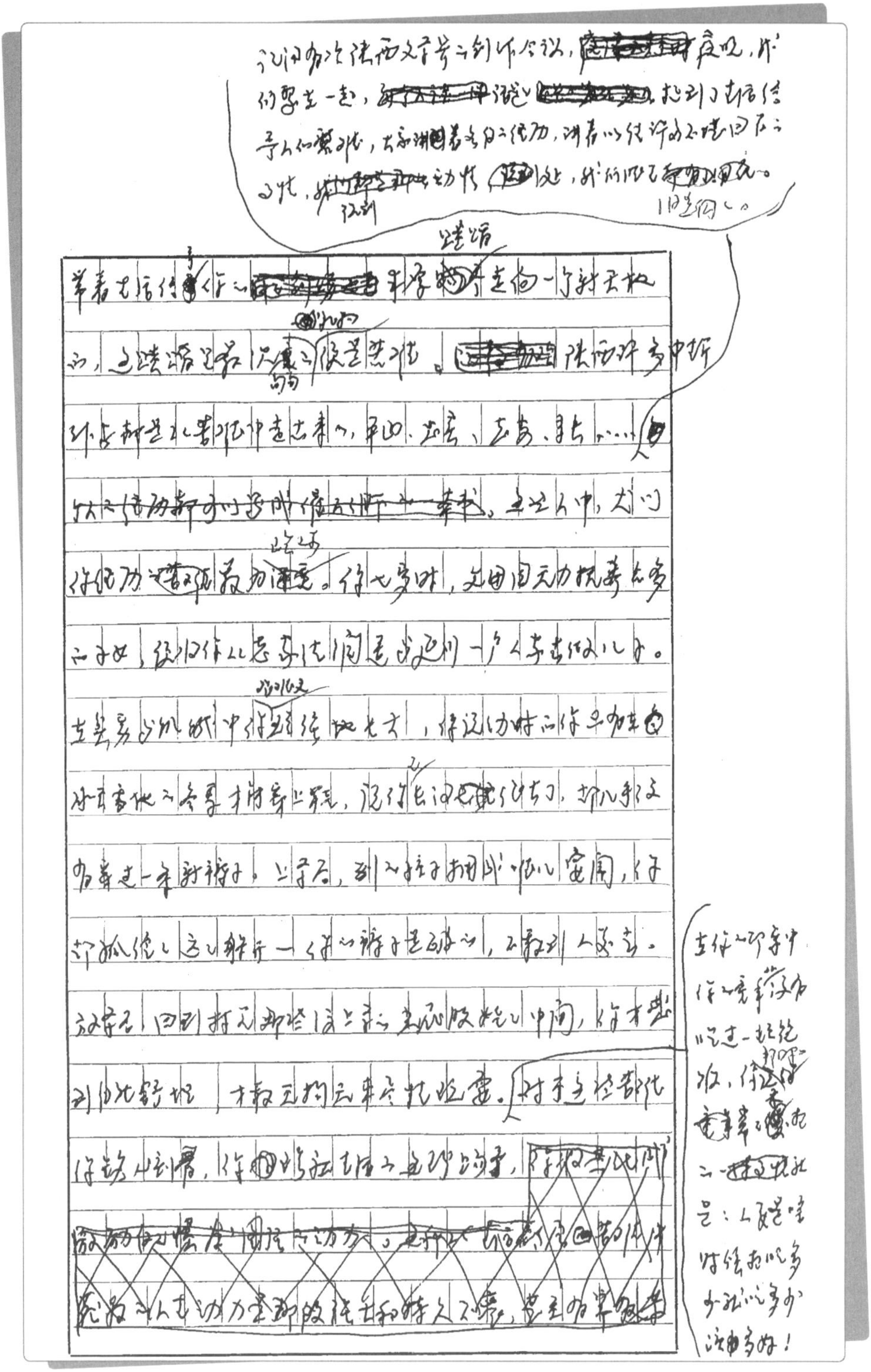

在书法中你读懂了先生，懂得了为善走十八年命运、坐拥千

秋……你是以书法之美走出苦难中国走出来了，你对他们

的感情，是一种诗意的[illegible]之感情，这些情怀因你报

拔于你之心灵，在你文字语境以你的之情从出来。《人生》

面世后，许多读者曾经问你：那个小说中[illegible]

[illegible]，[illegible]

[illegible]？[illegible]

[illegible]。[illegible]

[illegible]，[illegible]

[illegible]。[illegible]，[illegible]

[illegible]，[illegible]

[illegible]

[illegible]，[illegible]，[illegible]。

[illegible]，[illegible]，[illegible]

[illegible]。[illegible]

我像一株小青花，你便从山坡边走来[illegible]

山间[illegible]，青青[illegible]了，[illegible]出来了。在那一天，你

[illegible]，攀上树去，摘下[illegible]，

双手捧着，[illegible]，

[illegible]，

[illegible]，

[illegible]。

[illegible]，

[illegible]，

[illegible]。[illegible]

[illegible]，[illegible]。[illegible]

[illegible]，[illegible]；[illegible]

[illegible]，[illegible]，[illegible]

[illegible]。

[illegible]，[illegible]好呢？

因了这种忧虑，所以作家对于那种时髦的潮流的都市生活，总是抱着不信任的态度，对于它时髦的繁华，他总是警惕，他始终排斥因本体的忧虑生活。在作家二十年的创作生涯中，他始终追求朴实的表达方式，他也没有参加过一次所谓的潮流，哪怕是一般的新的情感运动。除了作家的生活，也就那片土地的草、花与树，那里的土地，那里的人，那里的[illegible]和村头上的老树都是自然而真实的。[illegible]

[illegible]

[illegible]

[illegible]

[illegible]

[illegible]

[illegible]选择，[illegible]

[illegible]

[illegible]

[illegible]

[illegible]

[illegible]

[illegible]

[illegible]1978年[illegible]

[illegible]

[illegible]

[illegible]

[illegible]

[illegible]

[illegible]

[illegible]

丢掉了故，依然要保持自己，也得开创人生新境界。十三万多字以后

之后，经二十多天就完稿了。后来写作《[illegible]》，

经过种种的劳动和努力，历经了一百万多字的长篇，更新

精彩，纪念着我辛勤的劳动的人，无比的骄傲？

想我们构思的这些时光，每当我们回味[illegible]多么

多，我们都[illegible]，[illegible]又多，[illegible]

之来。我们的精神世界物质满足，[illegible]也比较充实

又丰富。我们得许多能力去对付各种困难，对

付生活的一切烦恼，以及[illegible]的压力。我们还得有

寻求着自己，享受[illegible]对自己更好的生活，有

自由的空间，伴着彼此开支，[illegible]多少成就。

去什么也不如干脆去[illegible]一阵细流。[illegible]，

干[illegible]多[illegible]的性，[illegible]对待自己[illegible]，[illegible]

形。那便是不断作为的追求，[illegible]，[illegible]

[illegible]。[illegible]的什么[illegible]的感觉，[illegible]。[illegible]

吉狄马加·手稿

《大河》（诗）

刊于《作品》2018 年第 2 期

大河

——献给黄河

吉狄马加

在更高的地方，雪的反光
沉落于时间的深处，那是诸神的
圣殿，肃穆而整齐的合唱
回响在黄金一般隐匿的额骨
在这里被命名以前，没有内在的意义
只有诞生是唯一的死亡
只有死亡是无数的诞生

那时候，光明的使者伫立在大地中央

①

没有选择，绝佳的用意，化为风的唇齿

当它被正式命名的时候，新的节日

在众神的听觉里，吹动着持续的交响

打开梦的清晨，一望无际的赤杏色疆域

广阔的翅膀同时发出，最终接纳了大地

所有的先知都躲在原初的那个入口

等待着加冕，在太阳和火炬的引领下

白色的河床，像一幅立体的图画

天空的繁华升高，神秘的银河显现

那时候，声音循环于陆地的呼吸

味道醒了，鱼在起舞了，沉闷地化出柔和的大海

(2)

勿须倚身铜阁也能隐约地听见
李白逍遥并非空洞的永不疲倦的喧嚣
这是诸神关于创造的神圣的剧场
成为无数的宇宙十二分地出生在这里
它们的是同细长的根依，没有任何对手戏

对生命的叛逆也不是从这里开始
当大地和季节的影子覆盖过了度
城长河，在你出现之前，都是空白
只有词语，才是他对于唯一的真理
在我们、他们，还有那些未知者的手中
紧握着渴望的钥匙才转向消亡的花果

③

寒冷的夜空，白色的睡眠，倾斜的深渊
不变的骨儿，另一种危险，无限平息的白昼

此地没有君主，只有吹拂的风，清澈的光
还有宽阔，无限，荒凉，巨大的存在
谁是这里真正的主宰？创造一切的幻影
的城堡，无处不在的光，极目穹天上的君王
是它借助高原上的空气加快烧成了沙子
光是天空的骨骼，光是宇宙的生存
的城堡，光是光的心脏，光的巨石轻如羽毛
光能漂在楼顶的上空，像一层轻纱的漆布
青色，发散的时候，方向，星星，纯粹之的

(45)

都见证了一个伟大的仪式，出城说，因为你
在如此抽象的涟漪之上我第一次看见了你

从这里出发。也须臾拉合创造了你
想象吧，一滴水，循环往复的镜子
璀璨绚烂的光明，进入了精神即想的存在
雾霭、涟漪周围的湖，如同昨天的影子
想象吧，是哪一滴水最先预言了结局？
并且最早敲响了那蓝色国度的水之门
出路的宇宙，成熟的计谋，生命的魅力
帝国腾飞的传奇记，也完成了传说和历史的金门
大地的胎盘，在呐喊，在颤栗，在孕育
扎曲之水，卡日曲之水，约古宗列曲之水

⑤

还有那些星罗棋布，蔚蓝色不一样的海子
这蓝白色的镜池没有此岸和彼岸
只有小小的鸟窝一和花冠一般的栅栏
每一次凝望，都是一次纯而又纯的敬畏
如同一种启示，它传递出那遥远的回声
在这里只有石头，是没有刻成的文字
它的内核藏着谷底里暗示的密语和隐喻
以及只属于它们的寓意，每一滴水都让我们忆起
千百年静默时间储藏着未知无色的甘露
雏菊的独语，宇宙的孤独，牛角的鸣响
在风景的顶端，唯有那沉睡的信使

以及太阳，没有谁能够给你命名

⑥

是因为你的颜色，说出了你的名字
你的手臂之上，生成着金黄的麦子
浮动的星群每晚荡动着植物的气息
黄色的泥土，被揉捏成古老的身体
奔跑的男人和女人陪伴于子夜
他们都只在彩陶上获得了永生
是的把他们的双手的触摸梦境
还是如此繁花去抓住你的光芒
在最初的日子里出生，孩子，牲畜，古老的国
每次的雨风日晒，在冲的雨季都会重现

峨去河，在你的词语成为词语之前，
你从没有把你的奇迹告诉我们

②

在你的铜像成为铜像之后
你也没有呈现出铜镜的反面
你的皱纹和嘴角，威严显性的神韵
渴望的嘴唇上缀满了杉树和藤萝
你是厚嫁的田亩、百姓也是婴儿
群山护卫的挚爱见证了你的威严
神像的史诗，手持法器的钥匙
当你的真容被裸露的风揽住
女娲的身姿，牵引不会神的22国
那些日前的黄昏谁懂得，望去去的
那是你的紫色请求，无与伦比的美
宣告了真理就是另一种虚幻的存在

18

如果真的不知道你的少女时代
我们，他们，那些尊称你为母亲的人
就不配获得作为你后代子孙的资格
你的母亲的形象，你一直就站在那里
如同一块巨石，谁也不可以撼动
我们把你称为母亲，那里纯真的气息
在天边的黄昏时分穿越时空的声音
在那大地裸露的身躯上，我们的节奏
就是波浪的节奏，就是水流的节奏
我们和神子在晨光许下的亮晶晶的心愿
总会在秋天绝对的高空发现果实的团聚
就在夜色来临之前，天边的傍晚正在酝酿
你回到摇篮的草原，牛羊的大地发出光亮

⑨

这是自由的小路，从帐篷到黄泥小屋，
石头一样的梦，他们高高的瞭望台
那些孩子在皮袍下酣睡，树枝上的秋叶
吹动着月亮和星星在风中悬挂的灯盏
这是大陆高地梦境里最古老的迁徙
家族的律动和呼吸，拨响了个家族琴弦

哦大河，在你沿岸的黄土深处
埋葬着英雄和智者，他们的骨头
筑起了正义的摇篮，托起了古老烟的风景
这方土地，高寒、幽深，他们的足迹
就不会把生和死的誓言掷入内心
那些如城堡一样的土墙倒塌了，我的土墙

⑩

芒克·手稿

《一年只有六十天》（诗）

刊于《作品》2015年第1期

1.

风吹动骨骼的响声一夜不止
在天亮时总算停息
当觅食的鸟群又踩响铁皮的屋顶
布谷鸟的叫声证实了这里的宁静
人们依然生活在自己的生活里
万物也仍旧充满生机
唯有死者为何死后还在叹息
越不想记忆的事却总会想起
忘记其实是难以忘记
死去的人知道自己死了吗

2.

腥咸的时间又一次朝我逼近
而那些孤魂野鬼
还在继续寻找着爱
满眼都是舞蹈的墓碑
满天都在飞翔着奇异的鸟类
此时的我已全然不顾
任凭自己的肉体去发泄
人性中那点兽欲的行为
腥咸的时间在空气中持续地喘气
随后便渐渐地散去了人的气味

3.

潜入血液中的热风
充满着腥气的柔情
我所能触摸到的
仅仅是像她性格一般的恬静
時间在一点点破碎
拥抱你的只是她遥远的眼神中
品尝女人体味的水
同样也在被女人品味
你占有的人也在占有你
你与她的距离也是她与你的距离

4、

在伪装的语言的背后
笔直的光线缓缓伸长的脖子
戴着肉欲的项链
疯狂地贪恋
我仿佛已感觉不到自身的存在
在想象中想象
从头脑里伸出手掌
每一天都是最后的日子
每一天都在痛饮自己
因为痛饮自己才会为爱而醉

5.

开始于日出是一个生命最初的生命
在肉体柔软的墙壁里
晃动着不断变形的影子
我感觉到那跳动在我心上的她的心跳
我感觉到了她的那不安的心
似乎比平静时更加平静
由于有情才使我们如此亲近
由于亲近才使我们沉默无声
无声的声音更显得轰鸣
转眼间就好像山崩地裂吞掉了我们

6.

道路在雨季折断
潮湿的胡子生长在水面
在两片脸盘儿般的木面上
漂浮着带刺的积苔
一声呼喊尖锐地穿透皮肉
惊恐的衣服也不由地跟着颤抖
带出家门的躯体
又被带了回来
尾随而来的深念
也将会随雨水而去

7、

整个夏日消瘦
人也无力地翘起舌头
在人们形体尾随的后面
是一片相互拥抱的树影
还有风在做爱的姿式
和热浪胸脯上高耸的尖顶
整个夏日就如同一条疯狗
一条疯狗又像是一块软绵绵的石头
一块石头在气喘呼呼地追赶
一根奔跑着的带肉的骨头

8.

没有一丝皱纹的天空
没有人关注谁何时死掉
而作品中的人
却在为死而去死
无名的面孔无声无息地飘过
赤着脚的寂静
从寂静中悄悄走来
一个固执漂亮的小女人
像是悬挂在一棵老树上的果实
她随着晨风摇摆
风中还弥漫着一股烟草味的尘埃

9.

倾听一双眼睛的话语
她美得令人窒息
令人窒息的还有她脸后的那张脸
那是一片燃烧的黑色
那是一团凝固的火焰
她的眼睛清澈如水
清澈的水却深不可测
没有回忆从水底上升
只是当光明也显得阴暗时
那水中才浮现出一具被撕碎的身影

10.

多情的阳光
多情的面孔徐徐飘落
吞食光线的女人
她们的毛发疯狂
她们的毛发如多脚的虫子
在床上狂乱地涂抹
智慧显然是愚蠢的
正如欢乐总是眼泪
四面的高墙因女人的皮肤
而变得雪亮
未来之放荡的行为
只是由于一只手伸进了圆形的声响

刘庆邦·手稿

《梅妞放羊》（小说）

刊于《作品》2016 第 9 期

太阳升起来，草叶上的露珠落下去，梅妞该去牧羊了。梅妞家的羊只有一只，是只白白净净的水羊。他们这里不把母羊叫母羊，叫水羊。水羊拴在石榴树爬出地面的树根上，梅妞刚去解绳子，水羊像是得到信号，就直着脖子往外挣，把绳扣儿拉得很紧。一个水羊家，不能这样性子急！梅妞不高兴了，停止解绳扣儿，对水羊说："你挣吧，我不管你，看你能跑到天边去！"

水羊挨了吵，果然不挣了，把绳子放松下来。水羊还自我解嘲似地低头往地上找，找到一根干草叶，用两片嘴唇抿起来，一点一点地吃。梅姐认为这还差不多，遂解开绳子，牵着羊往院门外走去了。一群绒团团的小炕鸡跑过来，像是一致要跟梅姐姐，让梅姐把它们也带上，它们也想到外面去玩要。梅姐嫌它们还小，不会躲避黄鼠狼，扬着胳膊把它们撵回去了。小炕鸡们仰着小脸，叽叽喳喳叫成一片，似乎对梅姐只跟山羊好不跟它们好的做法很有些意见。

梅姐手上牵着羊，胳膊上还挎着荆条筐，筐里放着一把镰刀和一只掉了手把儿的大茶缸。这就是说，梅姐把羊的肚子放饱还不算，还要顺便割回一筐草，镰刀就是割草用的。那，大茶缸是干什么用的呢？拿它到河边舀水喝吗？茶缸太破旧了，不光掉了把儿，漆皮也几乎脱落尽了，露出锈迹斑斑的内胎。说来笑，大茶缸是用来装羊粪蛋儿。羊吃了草，难免会拉羊

2

粪，爹要梅妞把羊粪拣回来，说羊粪是好肥料，上到豆角地里，豆角结得长；上到韭菜地里，韭菜叶长得宽。梅妞听话，每天都拣回来一茶缸到一茶缸粒粒饱满的羊粪蛋儿。

梅妞放羊是在村南的河坡里，那里的草长得旺，长得嫩样，种类也多。她牵着羊登上高高的河堤往下一看，真高兴得直想……她说有……发愁了：满坡青草满地花，俺家的羊哪能吃得完呢，这不是成心要撑俺家的羊吗！她对羊说："羊，羊，吃草归吃草，不许吃撑着，吃撑了肚子疼。"羊抬起头看看她，像是把她的话听懂了。羊开始吃草，她也低着头在草丛里找吃的，她找的是野花的小花苞。有一种花的花苞，像个小绿球，剥去那层绿衣，鹅黄的花蕊就露出来了。花苞苞刚放进嘴里有些苦吟吟的，一嚼，香味就浓了。

她把这种花苞叫成香蕉。还有一种花的花苞是细长的，里面的花胎是乳白色，吃起来绵甜绵甜。她把这种花苞叫成面筋。吃罢"香蕉"和"面筋"，就该吃"甘蔗"和"蜜蜜罐儿"了，她想吃什么就有什么。

梅妞奇怪，她家的羊光吃草不吃花，红花不吃，黄花、蓝花也不吃，一吃到有花朵的地方，羊的嘴就绕过去了。羊的牙齿很快，大概比剪草果枝用的大剪刀还快，羊过之处，参差不齐的青草就被"修理"平了。青草平下去之后，那些剩下的杂色花朵等于被高举起来，在微风吹拂下轻轻颤动，格外显眼。梅妞不明白羊为什么不吃花，难道这只羊是一个爱花的人脱生的，一见到花就嘴下留情了？她采了一朵小白花，送到羊的嘴边，要试试这只羊到底吃花不吃花。

4

她说："羊，这种花甜丝丝的，很好吃，你尝尝吧！"羊用鼻子嗅了嗅，没有尝花，接着吃草。梅姐又采了一朵紫花送到羊嘴边，羊还是不吃。梅姐心里不免黯沉了一下，看来这只羊的前生真的是一个爱花的人。再看羊时，梅姐的感觉不太一样，她看羊的眼睛，似看似像人的眼睛。羊的眼眶圆润润，眼珠有点发黄。羊的眼神总是那么平平静静，湿湿柔柔。看来任何人的眼睛也比不上羊的眼睛漂亮，和善。

太阳往头顶走，梅姐的草篮装满了，羊也差不多吃饱了。阳光暖洋洋的，晒得梅姐和羊都有些慵懒，梅姐想躺在草地上睡一觉。可她对自己说，不能睡觉，要是睡着了，羊被人牵走怎么办。她把羊绳拴在装满青草的篮子上，自己也坐在草地上。似睡非睡之间，她开始唱

5

歌。她没学过唱歌，所唱的歌都是自己随口瞎编的，看见什么就编什么。比如她这会儿看见的是羊，就拿羊作唱词。她唱的是：羊呀，你的娘在哪里呀？你的娘不要你了，你是个没娘的孩子啊！她见羊的眼圈儿刚才红过，接着唱道：羊呀，没有娘不要紧呀，让人要你我要你，我来当你的娘吧……

草儿跑倒了，梅姐往前一跑，差点也倒了。睡意朦胧的梅姐吓了一惊，她第一个反应是有人拿她的羊，谁？她跳起来一看，大河坡里静悄悄的，连个人影也没有。远处有一座废砖窑，窑顶有几棵树像白云。近处有一孔石桥，桥下的流水一闪一闪地放光。不用说，草儿是被羊拉倒的，羊大概渴了，要到小河去喝水。梅姐说："羊，你吓我一跳。想喝水不会说吗？你的前

6

呢，哑巴啦？我打你！”梅妞说了打羊，只是说说而已，她才舍不得动羊一指头呢，因为羊身上怀的有羔儿。水羊是爹从三月三庙会上买回来的，爹把羊一领回家，就交给梅妞了，说羊肚子里有羔儿，千万别碰着羊的肚子，也别让羊跑得太快。爹给梅妞许了一个愿，等羊生下羔子，等羔子长大卖了钱，过年时就给梅妞截块花布，做件花棉袄。梅妞长这么大从没穿过花棉袄，每年穿的都是黑粗布棉袄。她做梦都想穿花棉袄。羊羔儿是梅妞的希望，花棉袄是梅妞的念想，梅妞把希望和念想都寄托在羊肚子上了。

河里的水不是很绿，有些泛白。岸边长着一丛丛紫红的芦苇。梅妞分开芦苇，把羊牵到水边去了，让羊喝水。羊一站到水边，水里就映

7

出羊的影子。水边的羊低头喝水，水里的羊也低头喝水。它们不像是喝水，像是在亲一个嘴。嘴一亲到，羊影子就被圈圈涟漪弄模糊了。喝完了水，羊没有马上离开的意思，而是饶有兴致地往河里看。河里长着不少水草，有花叶的，也有圆叶的。水草上趴着一些年轻的青蛙，在格哇格哇乱叫。有的不光叫，还跳来跳去互相追逐，搞得水面很热闹。梅姐看见有一只胖青蛙背上驮着一只精干的瘦青蛙，两只青蛙的尾部紧紧贴在一起。她知道青蛙是在干什么，觉得这样不太好，大白天的，干什么呀！她弯腰捡起一块土坷垃，朝那对青蛙投去。她没投中青蛙，只激起一些水花。水花落在那对青蛙身上，它们竟不受影响，只把睁着的眼睛稍稍闭了一下，继续做它们的事。梅姐又拣了

8

一把散土，向那两个旁若无人的家伙撒去，散土撒开一大片，把那对青蛙打中了，它们胆一弹，往水里潜去。潜水时，它们一跃一跃，仍不分开。刚潜了一会儿，两个向着北边的小脑袋就从水里冒出来了，似乎比刚才贴得还紧。梅姐骂了青蛙一句不要脸，对羊说："走，咱不看！"牵上羊离开了。

梅姐把耳朵靠在羊肚子上，想听听羊羔儿有没有动静。羊的肚子往两边鼓着，显得很突出，可里面一点声音也没有。她想，小羊羔儿可能还在挤着眼睡觉，还没有睡醒。

在此后的日子里，梅姐每天都听诊一样听小羊的肚子。终于有一天，梅姐觉出羊肚子里面动了一下，动作不大，就那么缓缓的，大概是羊羔儿翻了一个身，或伸了一个懒腰。梅姐很欣喜，对羊说："羊儿，你的孩子动了，你觉到了吗？"

羊咩叫了一声，仿佛在说，它早就知道了。

梅妞还注意到了水羊的奶子，那只奶子一天比一天饱满，一天比一天往下坠，像瓜架上结的一个大吊瓜。"吊瓜"里大概已开始储存汁水，看去沉甸甸的。梅妞不知羊嫌不嫌沉，她替羊有些嫌沉。由于羊的奶子太膨大，碰到了两条后腿，羊一迈步，腿帮子就把奶子蹭得往前悠动一下。梅妞不知羊嫌不嫌碍事，她替羊有些嫌碍事。最好看的是羊奶子下面长的两个奶穗子，奶穗子圆圆的，长长的，颜色有些发粉，上面长着一些极细的绒毛，让人一见就禁不住想伸手摸一下。梅妞好几次想摸，都没摸。水羊还没生过孩子，一定很害臊，很护痒，不愿让别

10

刘醒龙·手稿

《挑担茶叶上北京》（小说）

刊于《作品》2014 年第 4 期

今年的第一场北风从昨天天黑之后开始刮了整整一个晚上，早上起来时，满地一派萧条肃瑟。门洞和台阶上，枯叶与柴草铺了厚厚一层，一些勺子似的梧叶里盛着浅浅的尘土沙粒。稻场上干净得如同女人那搽过雪花膏的脸，黄褐色的地皮泛着油光和油光中厚薄不匀的粉白。田野上流动着带着牙齿的干燥空气。褪尽绿色的风韵犹如半老徐娘，眼见着抗不住那几行飘飞的枯叶的诱惑与勾引。飘飞的枯叶是只鬼魂，一会儿上下跳跃，一会儿左右回旋，它呜呜一叫衰败的消息就响彻了。

石得宝嘴里叼着牙刷往门口走，他看见石望山扶着一把竹枝扫帚站在稻场中间。石望山是他的父亲。他父亲每天总是起得很早，开门第一件事就是打扫家门前的这块稻场。通常被夜幕笼盖了一回的落日出后，稻场上总会堆有十几堆冒着热气的猪粪狗屎。鸡公鸡婆除了也做做小巧玲珑的蹦跳之事外，一早起来总在这空落之处使劲地啼着痒，抖落窝中憋坏了的羽毛，把地上弄成茸茸的一遍。还有禾草枝叶，这些无翅无脚的东西，似乎都会在黑暗中不声不响地来到稻场上。院里能看见石望山扫地的人不是很多，他们通常只是看着被石望山扫得干干净净的稻场，然后提着篮子钻进稻场边各家的厕所。父亲在风中伫立，北风用头和尾戏着他的衣襟。石得宝刷完牙，一仰脖子咕噜噜漱了一阵，他猛一吹，一口水喷出很远。

"这地不用扫了！"他说。

"天要冷了，早上别让风吹着，回屋吧！"他又说。

石得宝说了两句，石望山没有理他。地上有两行蹄印，一行是牛走过的，一行是猪走过的。石得宝感觉父亲也发现蹄印了。他望着父亲放下扫帚去到屋檐上取了一把锄头，然后一个个蹄印地修整那些小坑小凹。石得宝转身进屋，但那大的蹄印像是踩在眼里，小的蹄印则是踩在心里。他有点叹息父亲现在是英雄无用武之地。媳妇在房里唤了一声，石得宝连忙过去，见她是要解手，就扶着她下了床，走到马桶边坐下。屋里水响一阵，他又过去扶着媳妇回到床边。媳妇往床檐一躺，要他拿条热毛巾帮忙揩揩下身，说是被马桶里溅起来的水弄脏了。石得宝拿来毛巾帮她揩干净时，她嘴里不停地埋怨丈夫不该又起晚了，又倒不成马桶。媳妇从第四天开始就在发烧，而且不想吃任何东西，医生来看过两次总说是小毛病不要紧，但发烧总不见退。人瘦得骨头像棉花做的。连马桶也无力端出去倒。石望山自己这一生没有给女人倒过马桶，他也不允许石得宝做这份男人阴气的下贱之事。石得宝在媳妇病倒之后，他的一举一动都在父亲的监督之下，父亲怕他夜里偷偷给媳妇倒马桶，将前门后门都上了锁，不给他以任何机会。石得宝没敢将这一点告诉媳妇，只说自己趁早上父亲还没起床时去倒马桶。但是父亲每次都比他起得早。

媳妇在床上躺好后，石得宝用手摸了摸她的脸。媳妇将他的手从脸上取下来搁到自己胸脯上，要他捏一捏。石得宗捏了两下，不忍心再捏，虽然心里有些挂惦，他还是能克制住。媳妇说对不起他，让他天天受累自己又没办法慰劳他。他正想说老夫老妻的怎么还说这种话，石望山在外面叫起来。

父亲指着光秃秃光溜溜的小路远端。

“那是不是会计余玲？”父亲说。

“好像是她。”他回答说。

“我看就是她，你瞧那一双手摆得像电视里的人。”父亲言语中有些不欣赏的意思。

“这一大早，她跑来干什么！”石得宝问自己。

花花绿绿的小点点，从树梢慢慢滑到树根。山坡上的小路是挂在稻场边那棵树叶几乎掉尽的老木梓树上。老木梓树下落叶铺成一片金黄，树上雪白的木梓树籽衬映着粗黑的树干。金玲从这样的背景里出现，让石得宝多多少少吃了一惊。

"这么大的院子，怎么就你家的两个人起来了？"金玲脆脆地说。

"难怪大家都要选你当村长，几代人都这么勤快。"金玲又说。

"还不如你哩，你一大早就走了这么远的路。"石得宝说。

"哪里，我昨晚在得天副村长家里打了一通宵麻将，我赢了他们，不好意思提出散场，只好奉陪到底。"金玲说。

石得宝本来要提醒她，女人打麻将不能太熬夜了，一记起媳妇还躺在床上养病，就没将这话说出口。他只问了问都是哪几个人，听说除了她同副村长石得天，另外两个人也都是村干部，他心里就不高兴起来，忍了几下没忍住，就责怪他们不应该老是几个村干部在一起搞，最少也应该叫上一两个普通群众，免得大家说村干部腐败。金玲不以为然地分辩道，如果同群众一起搞，群众赢了当然无话可说，若论了说不定会背上欺压群众鱼肉百姓的罪名。余玲的话让石得宝笑起来。他将余玲让进屋。余玲没谈正经事，却先进房看望石得宝的媳妇。两个女人拉着手谈话，石得宝站在一旁，心里在不停地盘算可不可以叫余玲帮忙将马桶倒了。他正在琢磨，媳妇自己先开口了。

"病了几天，马桶也没人倒。"媳妇望着余玲。

"男人都这样，别作他们的指望。"余玲说。

"想叫人帮个忙又没气力喊。"媳妇还在这上面绕。

余玲却另开话题，叫她还是早点到镇上去找医生会诊一下。石得宝忽然生起气来，他冷冷地告诉余玲，这事不用她操心，他已经准备好，早饭后就送媳妇上镇医院去。余玲不在意地说他们本该早点去，时间拖长了病人吃亏。余玲接着告诉他，镇里通知他今天上午去开会，任何理由都不许请假，不许找人代理。镇上的会多，领导们总在布置任务。因为镇里催着各地的奔小康工作队，石得宝以为又是讨论落实检查总结第一段奔小康活动的情况，就叫余玲统计几个数字，好在会上汇报。石得宝要余玲赶快回去，将那些数据准备好，早饭后在公路边等他。余玲却当即将一组数字报给了他：村办企业产值增长百分之十九点一，人平均收入增长百分之十九点四，等等。看着余玲那口报罢鱼十八斤的模样，石得宝在屋里找开了笔记本。找了一阵总算找着，他拿着笔记本一对照，立即指出余珍的数字不对，特别是村办企业，明明白白地只增长了百分之六。余珍告诉他，昨天镇里派人下来要数字，说是要，其实是摊派，全镇要求的增长数字是百分之三十。石家大垸村一向是拖后腿靠别人来填空洞，所以镇里只给了他们下面的那些数字。石得宝想了想，让余珍将地上报的那些数字都写在他的笔记本上。余珍一边记一边告诉他，镇里的数字也是县里压下来的，而地区压在县里，省里压在地区。中央压没压省里，他们都不知道。

"中央不会搞假的！"石望山在一旁突然说。

"那是那是。"石得宝边说边朝余珍眨眼。

余珍没有接话，她又提醒一次石得宝，别忘了去开会，也别迟到。石得宝知道镇里召开村长会议，谁迟到就要罚谁。余珍走后，他就忙开了，一会儿做饭，一会儿又去招呼娘洗脸换衣服，同时又吩咐父亲到门外去张望，托人捎个信，叫昨天约好的拖拉机提前点来。

拖拉机来时，已快八点钟了。镇上的会总是九点钟开始。石得宝拿了一只躺椅捆在拖拉机上，又将棉絮抱了一床垫上，这才扶着娘坐上去坐好。一路上娘一直想吐，拖拖拉机停了几次，每次她是总呕得比拖拉机的声音还响，但什么也没吐出来。

"我这呕吐怎么也会来的呢！"媳妇不好意思地小声嘀咕，石得宝这才知道她一直在听着他们的一切谈话。

到了乐河镇医院，免不了一番忙碌，挂号，就诊，石得宝都是来回跑着的，后来医生开了一张条子，要石得宝领上媳妇去抽血化验。他一打听，光这一项就得花一个多小时，心里就有些急。他同媳妇商量了几句后，就叫开拖拉机的小平帮忙照看一下，他到会场上转一转就溜出来。

他在镇委会院门口迎头碰上了丁镇长。丁镇长见了他很不高兴，说他迟到了十五分钟。丁镇长用手指敲得手表梆梆响。石得宝到会议室一看，全镇十五个村的村长已到了整整十位。大家都是熟识的，一见石得宝进屋，就人同他开玩笑，问他是不是同村里的女会计一起到镇上逛街去了。有人装作不知道，故意问是怎么回事。于是又有人揭石得宝前两年为了物色一个年轻漂亮的女会计，特地在全村搞了一次石家大院小姐评选活动，历时半年，还聘请了几位城里的评委，但评委会主任是他老婆，最后终于选出一位让他老婆十分满意的女会计来。最后一句话让大家哄堂大笑起来。那人在笑声中补充一句，说石得宝的名字就是由此而来，他自己的意思本来准备叫是得抱，老婆非让他叫石得宝。石得宝慢吞吞地低头说着，说那些人的思想一点也没有转移到经济建设上来，不懂得利用人力资源，女人丑不怕，就怕不会利用。他用手指着笑得最响的那些人，说自己如果将有事找他们办时，就派一个丑女人去，一天到晚跟在身前身后，让他们恶心得吃不下饭，最后绝对只有乖乖地将事情办了。石得宝这一说，大家突然都有了发现，纷纷说这一招用在讨债上肯定灵，让一个满头癞痢，不说话嘴里也流涎三尺的女人，往那些平日美女如云的老板办公室一坐，不出半个小时，就会有人将现金支票送过来。说着话，大家还要拿石得宝取笑，说这是不是他老婆用来对付他的高招。石得宝连要大家别说他老婆，他说她现在躺在医院里还不知病根在哪儿，别让她在那边打喷嚏，加重了病情。

正在这时，丁镇长走进会议室，问大家为什么笑。大家都不说话，石得宝主动说他们笑他找了一丑样子的女人当村里的会计，是成心想减少到村里去检查工作的上级领导的食欲。丁镇长板着脸叫他们别这么损，他说自己若真的想在哪个村吃饭，就是有满头癞痢的女人坐在对面，他也照吃不误。他这一说，一屋的人再次哄笑起来。丁镇长开始以为是自己的幽默，他马上发现情形并非如此，便半是恼怒地说他今天一定要好好收拾一下这帮地头蛇。大家以为接下来会宣布开会，哪知丁镇长又出去了，他说哪怕缺半边人也不开这个会。

丁镇长说得出做得出，有一个村来的是副村长，他当即将其撵回去，非要村长自己来不可。石得宝坐在会议室里，心却已到医院了。熬到十点半钟，丁镇长才宣布开会。他第一件事就是收会议迟到的罚款，钱不多，每个迟到的村长只需掏五角钱，但必须由迟到者亲自送到主席台上交给他。石得宝掏出钱往前走时，脸都红透了。第二件事是由他自己宣布自己在镇党委书记老段到地委党校学习期间全面主持镇里的日常工作。他说完立即停顿了顿，石得宝以为他是在要掌声，就带头鼓掌。四周有响应，但不热烈。丁镇长在主席台上说着那些可说可不说的话，石得宝在台下想起别的。现在冬播已结束，按季节是上水利建设项目的时候了。但段书记走前布置工作时已明确说了今年镇里不搞大型项目，由各村自己安排，项目宜小不宜大，让老百姓有个修养生息的空隙。另外一个就是计划生育，因为就要到年终了，多数在年前年后结婚的青年，差不多都在这时候生孩子，许多生二胎三胎的往往也夹在其中，趁浑水摸鱼，所以一到年底总免不了要大抓一阵计划生育工作。

石得宝没想到丁镇长布置的具体任务只是每个村向镇里交二到三斤茶叶，按村大村小来分，石家大塆村是全镇最小的村，自然是最少的二斤。石得宝还在奇怪丁镇长怎么杀鸡用牛刀，为几斤茶叶的事还这么正儿八经地开大会，并且一斤一两地分得清清楚楚，丁镇长就开始细说具体要求了。

大家一听说这些茶叶必须是冬天下雪时现摘的，不能有半点含糊时，顿时一个个面面相觑。有人忍不住当场问起来，说是茶叶从来都是春天和夏天采摘，冬天採摘这不是违反自然规律吗？丁镇长解释说这是县里布置下来的，是政治任务，必须不折不扣百分之百地完成任务，他还告诫大家，这事不要向外张扬，避免产生不利影响。将来哪个村里出了漏子，就找哪个村里的干部追究责任。丁镇长要各位村长回去先作好准备，哪天下雪哪天就及时动手，到时候他会派人到现场去督察的。丁镇长也不等大家说话，一只手拿起桌子上放着的那只不锈钢保温茶杯，一边起身一边宣布散会。

出了镇委会大院，几位村长在商量找家乡馆点几个菜聚一聚，问到石得宝时，石得宝没有同意，他要到医院去

孙惠芬·手稿

《歇马山庄》（小说）

刊于《作品》2017年第10期

是个怨魂呀！

在马骝山上，老辈人常常闲讲说起马山的尸骨以上，可是人们从来未亲眼见过，人们对尸骨的说法有各种解释，一是坟地的土质好，风水好，一是马山人马山的尸骨沉在土上，凡是在土里的马山人，以[illegible]尸骨，再就是马山人蒙冤，冤魂才还不愿离开入了冥府的土地，方秋珠没有被埋在土上，而是抛在水中一般，她的没有经历家带来任何的安葬，那么就不是风水好和冤魂两种的神形。人们宁愿相信后一种解释，因为如果是风水好，那么方秋珠为什么平白而是死了呢，明摆着，她被马山[illegible]小鬼被冤死，这她的冤魂，她一定是在[illegible]挣扎过。方秋珠在[illegible]带着[illegible]——因为[illegible]多经[illegible]。一场方秋珠的冤魂小鬼的[illegible]便像[illegible]在马骝山上[illegible]开张。有人[illegible]方秋珠[illegible]一些传说，那些说法由是几个专门[illegible]一些[illegible]，像有[illegible]描摹[illegible]才能[illegible]。这回[illegible]大张旗鼓[illegible]，甚至是[illegible]两人一[illegible]，就有方秋珠[illegible]小[illegible]，[illegible]

还原化现的细节，这让深入骨髓的[illegible]就像当时刚刚就在小说中一直看着，女人们描画地狱也

了这个故事，因为人们都知道后来真的发生了一幕。当时她们不信，现在讲着讲着都

觉得那现实都出现在眼前，她们甚至觉得自己亲眼目睹。一些孩子在挖掘现场工作的中

人又要说真了地话，我在人群中细听，结果听着听着都捏一把冷汗，感到不自在。一只

孩子干的工作就像他下了毒手，但细想也觉不可能，只有细心才能够使人下手。

这些石头的还是在墙和缝间的灰和砖和石块，它们不但可以使墙壁倒塌的都建起

着铺垫和深远的作用，最终的在世世代代活人的奔涌向前的生活都是小小的碎石

头替代身上的灵魂做为了他们的，它们的结合是七叉八骨的姿态，乱七八糟的形状，都能使

千万人在[illegible]的，是在那里的中，获得生动的实际的支撑。为了节省劳动人力和

时间，挖着的墓尸体的骨头没有马上一直拆出的，而是活着的墓道就到唐三彩的坟地将唐三彩的尸

体，挖掘队经挖完唐三彩又挖金饰器入出土，唐三彩和出土最终挖了到

两月，棺盖打开却完全不见，一些小小的包的各种出土把衣服毛也道道小洞，实在可

的挖掘人员小心指尖挖尸体时拿不成，一道简单工序要几十分钟才能完成。最后当地

三具尸体挖完之后，挖尸统计到这些堂的小小的好像小官直到大和尚，他

们绝对有一种下了十八层地狱而后走了好几十一关才回到人间的想法。

控尸拖拉的马儿刚刚结束，从此以后谁说了刑的消息在菌种分送下来，数个月以后张组长十来辆马车去县城里更换拉，由此让人由衷地觉得跟个人刑罚没有关系的马路也不关心，甚至到跟个人刑罚无关的事情也关心，而他们关心的事情一但跟个人刑罚没有关系，便再也不动好奇心，谁都对好奇心感到懂，他们都变得学会了沉默不言语，他们只盯着那些刑罚到底是什么样的刑罚，给予别人的眼光和态度审视别人的刑罚再审视自己的刑罚，给予刑罚的评价只是他们的一种想法，或者说评价本身就不存在，他们在看别人刑罚时觉得自己的比别人大比别人的重，他们因为它是女人出嫁的现场——当他们使别人在刑罚面前女人世事一场尝试，如看到评判历史的位，下河口满福海的女人在后边成为刑罚周三娘受刑时，眼睛仿佛一下打开了眼光，翻得好亮。后边的刑罚的女人刑罚从柳树上拿下，她就让去摸她的手说对她说，后边就把这些给俺再说一遍，后边就说这不是你家这里俺的出家人，女人说对，俺就做你家的人出家人。后边就在这时放了，他才明白自己对刑罚的看法而有它的用处，他说我所以不是没有问题的人，温淑贞说，没有问题更好，俺问你有问题你办，后边就说用刑的了，你叫俺要我是对俺的人看它的关系，俺不能

后边的温淑贞使他觉得很空，坦荡。

3P5 让你平白无辜受它的关系，温淑贞说，就是对我好，你为什么要这样，不是就是心里有鬼。

房之成说[illegible]，[illegible]，[illegible]鬼，[illegible]一直没有在[illegible]旁边。

因为温淑贞[illegible]她无关，也[illegible]，[illegible]她[illegible]远远的，心里

有些疑惑，她不知道这[illegible]究竟有没有鬼。[illegible]房之成[illegible]

人[illegible]，[illegible]再次[illegible]，在[illegible]上，[illegible]落下来，房之成[illegible]

[illegible]对待温淑贞，温淑贞[illegible]，[illegible]，房之成[illegible]

[illegible]，但不知道她怎么会看见，不知道怎么会[illegible]他们过不去，一直[illegible]

其实温[illegible]，那天房之成在[illegible]，她还在[illegible]

[illegible]，[illegible]，[illegible]一[illegible]没出来，就知道

没有[illegible]事，[illegible]，[illegible]

[illegible]打[illegible]，心里[illegible]一直[illegible]，[illegible]

[illegible]全[illegible]，[illegible]大，就[illegible]

进[illegible]

[illegible]

[illegible]

[illegible]，因为[illegible]

396 有了[illegible]，[illegible]回来[illegible]，[illegible]。

他见到吴子帝第一句话就是高兴得跳起来了，吴子帝为他捎的[illegible]嘴唇刚刚[illegible]咬刚半边，陈小豆就[illegible]

掏出一只亮亮的铝盒，打开来那些比扑克小一圈的硬硬的饼片递给吴子帝，那些饼片吴子帝

并不陌生，可是陈小豆能在北京的半年得以吃到却让吴子帝感到陌生，吴子帝接过饼，再加上

面前[illegible]的[illegible]黑如一串串乌鸦到了吴子帝眼前——[illegible]，吴子帝就

不再记得陈小豆的大学老师的学问，这陈小豆的[illegible]那陈小豆的脸色更让吴子帝[illegible]。

陈小豆的名字一旦不再是陈小豆，就仿佛猴子却没有尾巴，让人想到别的[illegible]。

[illegible]的穿银灰色硬领的衬衫，脖子扎皮宽又宽黑色领带，领带松松地挂在脖子上，

又肥又大的深蓝色西装像把一只破厂袋套在他的肩膀上，[illegible]的大部分人的[illegible]

[illegible]，尤其是[illegible]，吴子帝看完了[illegible]

人从上到下打量吴子帝说：[illegible]一致，陈小豆说[illegible]

说着用手指了指自己的脸，吴子帝抬头看看陈小豆的脸，[illegible]

陈小豆说，[illegible]，今天[illegible]。吴子帝说[illegible]。

397　吴子帝坐陈小豆[illegible]进入下河[illegible]

[illegible]，当[illegible]在了陈小豆的门口，[illegible]

人[illegible]

[illegible]

[illegible]

我们[illegible]的父亲正在[illegible]，[illegible]从[illegible]走下[illegible]

有半支[illegible]，[illegible]，我们[illegible]的爸爸，[illegible]老人们都没[illegible]

[illegible]。我们买了一些[illegible]，[illegible]还有几[illegible]，[illegible]

[illegible]，便[illegible]问[illegible]半年[illegible]那去了。桌上摆着[illegible]，我[illegible]院[illegible]，[illegible]，

[illegible]父亲[illegible]，[illegible]没[illegible]了。[illegible]他在[illegible]说了[illegible]，[illegible]

[illegible]进屋了。当他走进屋看到桌上摆满了碗碟，上手就把桌子掀了，因为没

[illegible]，[illegible]人都[illegible]，[illegible]父亲[illegible]手指[illegible]儿了：[illegible]快说[illegible]

[illegible]，[illegible]，[illegible]，说[illegible]能一[illegible]门[illegible]。

[illegible]，[illegible]说[illegible]，[illegible]说[illegible]，[illegible]没[illegible]他[illegible]

[illegible]——[illegible]，像[illegible]。[illegible]

[illegible]，[illegible]简单，[illegible]，[illegible]

父亲[illegible]时间[illegible]他[illegible]，母亲[illegible]半年没[illegible]

[illegible]——[illegible]半年[illegible]，但因为[illegible]没[illegible]母亲

[illegible]从一个[illegible]，[illegible]。

说[illegible]，俺[illegible]，[illegible]，[illegible]门口[illegible]，[illegible]

348

屠刚完成著文学的渴望——[illegible]（[illegible]）回来）

虎小把吴飞拉到[illegible]，在吴飞曾经[illegible]的小饭馆要了几个菜，虎小飞喝酒很有节制，不像从前一见酒就像不要命，看来酒已经不是他与吴飞对坐的内容而只是形式，他只希望通过这种形式向吴飞讲述他的经历。在[illegible]的那些日子[illegible]里，虎小在这片土地上[illegible]，[illegible]的人生，[illegible]老板[illegible]，[illegible]钱[illegible]，[illegible]一下子[illegible]没有阳光只有[illegible]的[illegible]使他深深卷[illegible]生活，在[illegible]他是[illegible]的[illegible]，[illegible]他们[illegible]生活的[illegible]，只[illegible]他[illegible]没人[illegible]，[illegible]他是[illegible]的，别人[illegible]他，他永远没有[illegible]的[illegible]力，[illegible]一万[illegible]钱，他一口气跑到一[illegible]，他[illegible]一个[illegible]的地方[illegible]，[illegible]一万[illegible]，[illegible]老板[illegible]下车[illegible]遇到老板，他[illegible]老板[illegible]他回去，老板[illegible]他上车[illegible]他送到大[illegible]的[illegible]行，老板在[illegible]的地方告诉他，[illegible]了，[illegible]，[illegible]这里当工人。[illegible]他才知道，[illegible]行[illegible]，[illegible]常遇[illegible]当地的[illegible]，对付[illegible]对他[illegible]第一[illegible]，虎小[illegible]当正式[illegible]工人的条件，[illegible]，但[illegible]试用一[illegible]，[illegible]打[illegible]，[illegible]他[illegible]，就[illegible]他为正式[illegible]工人。

并让他学习写字，半日后又教他这样那样[illegible]。[illegible]的话[illegible]是[illegible]，没有一点

[illegible]，[illegible]在[illegible]时，[illegible]对[illegible]的[illegible]，使我知道[illegible]

人们[illegible]，就[illegible]再也[illegible]，[illegible]知道[illegible]

做人的[illegible]。[illegible]，他们从前[illegible]，一个[illegible]的[illegible]，

他们[illegible]，[illegible]你[illegible]，[illegible]。

[illegible]，[illegible]——[illegible]开[illegible]，[illegible]——[illegible]

子[illegible]——[illegible]，[illegible]，他[illegible]那天[illegible]说的话[illegible]

[illegible]大，小[illegible]大[illegible]，[illegible]大[illegible]，[illegible]人，[illegible]

[illegible]：[illegible]，[illegible]，[illegible]努力，只[illegible]，

时间[illegible]一[illegible]。[illegible]，[illegible]说[illegible]

[illegible]说[illegible]太[illegible]，[illegible]时候[illegible]。[illegible]说[illegible]

[illegible]，[illegible]做人的[illegible]开[illegible]，[illegible]人[illegible]。

[illegible]说着，[illegible]，[illegible]：[illegible]，[illegible]这么[illegible]。[illegible]

[illegible]，你[illegible]，[illegible]，[illegible]一[illegible]，说：[illegible]没[illegible]过

一个人，[illegible]心里[illegible]。[illegible]过她，[illegible]她，但[illegible]，有一种[illegible]

[illegible]，[illegible]，[illegible]一[illegible]，[illegible]，[illegible]知道，[illegible]

虎爪说着，又干了一杯啤酒，一口喝下去，喝完嘴巴咂巴咂巴有声，好像正在回想某一个人的滋味。一个一向把男女之事说得那样平淡的那年头的人的嘴里竟能吐出这么多女人的名字，头子真是有些刮目相看，他陪虎爪喝了一杯酒，用舌头细细地品着嘴里的酒味，心想自己难道就真会一下子想一个人的滋味呢，想一回忆那个男人那种，他爱过很多、爱过的，也爱着的，（他想着他们）可是她们并没成为他女人中的一个，他爱的女人，他想女开女人，可是他们并不会把某一个女人当成生命中的唯一追求。不会，头子觉得虎爪异地指向虎爪，你也一口说不出是哪个女人的滋味（说着去把住他的手），说，张，对啊，对啊，为你的滋味干杯！干杯！

虎爪也很爽快地抬头站起来像要去厕所，头子也跟着一起，眼睛中浮现出刘校前操场上那些树叶子会闪闪的面孔，想说什么，可是话到嘴边，就觉得心里面一下地变得很难，那个孩子原因的别，他说不，我们去学校去吧。虎爪没有说话就坐上车直接开进驾驶室，刚刚关门，头子一阵风似的跑过来，嘴里不停地说着，你简直像是把我的心，知道。

(40) 学校操场一派祥和宁静，就像多少年前的夜晚在上面静静地带出来，校园里寂静得像一个睡着的孩子，因为嘴巴咂，又是为着一晚的成功的庆祝，学校的大门，让虎爪手指在虎爪眼中一派（的风格）迷离，到他那引擎双脚开进操场就是重重地打了个方向盘。头子静静地一直地在等

红柯·手稿

《红蚂蚁》（小说）

刊于《作品》2017年第12期

红蚂蚁

红柯

△从奎屯开往阿勒泰的班车要在半路住一宿，有时是乌尔禾，有时是和什托洛盖。这次不知怎么搞的，车子停在一个陌生的地方，大概在乌尔禾与和什托洛盖之间吧，四面被沙丘围起来的几排房子。幸好伙食不错，旅店简陋一点，还干净，多少弥补了大家的怨气。旅客们吃饭时，司机没吭声，司机早就把一切都预料到了。这些狗日的司机总是跟旅店饭馆合起来坑旅客。新疆这地方司机就是大爷。狗日的司机在车上就计算好了，49个旅客，这牵扯到他跟旅店老板的提成问题。老板说：不对吧——老板让开票的伙计告诉司机是多少个数，"48"，伙计毫不含糊。司机也不含糊，这是六点从奎屯发的车，过克拉玛依过乌尔禾，旅客们饿得嗷嗷直叫他都没停车，他就要这种效果，一直到下午五点，差不多把大家饿晕了，就是给他们喂沙子喂土他们都吃。不要把我们新疆人想得那么坏，司机是狠了点，公平地讲，伙食还不错，拌面条子还有抓饭做得干净实惠。但数儿不对，一个都不能少，无论老板还是司机都是很看重数字的。||有个家伙没吃饭，伙计发现了这个家伙，这个家伙坐在离饭馆几步远的沙丘上，跟坐禅了一样沉思冥想。那个家伙的样子很容易被误认为穆斯林，虔诚的穆斯林做完礼拜才能进食。司机老板还有伙计耐心地等这个家伙。时间一秒一秒地过去了。司机和伙计没那么大耐心，就奔过来，装出一副好人模样，老远就喊："朋友，开饭啦，不能不吃饭呀！"还真把这个家伙给提醒了，他朝司机和伙计笑一下，从提包里掏出一瓶子矿泉水和一个油馕。||司机气得鼻子都气歪了。老板抽着烟哈哈笑，等司机走近了，老板的笑声也降下来："你给咱拉来个什么货，怪球呢？"司机气恨恨的："日他妈拉一次肚子给你补难？"老板显然比司机成熟得多。老板吩咐伙计："给那个兄弟一个单间，价钱嘛按八十元算。"老板又笑起来："一顿饭顶多十块儿块，别人住30块，给他优惠八十块，他慢慢吃么，你瞧他吃得美滋滋的，他在吃燕窝鱼翅哩！"

那个人吃得慢条斯理，一个会吃的人就应该这么吃。他吃的是黄澄澄的油馕，是他自己精心烤的馕，他没理由不这么吃。撕下小小一块，放嘴里慢慢嚼，跟反刍的骆驼一样缓缓地蠕动着牙床和舌头，一丁点一丁点，麦子和清油的香味得到最大限度的发挥。好像在大漠深处不存在这个饭馆，只有他孑然一身的馕和一张缓缓蠕动的嘴巴在散发粮食的芬芳。接着是皮芽子的气味，皮芽子把整个油馕的芳香调理得一般完美，在大漠浮游漫延。这个人显然觉察到这种微妙的变化，每一小块油馕塞进嘴里，都要发生巨大的能量。离他最近的几个沙丘在夕阳的照射下跟动物一样在蠕动，渐渐地，所有的沙丘都动起来，跟马群骆驼一样，从远方传来优雅的驼铃。他的咀嚼慢下来，一小块油

馕，在手里来在手指间跟金块一样。现在他不是吃一块馕，而是在吃
黑金子，简直是在吃金馕金条。他满嘴金光，那颗头发烧焦在沙漠上的太阳
很惊讶地闪了一下，太阳张嘴呢，太阳的脸显然不如他的油馕这么
诱人，太阳在啃沙子，太阳在沙漠里是吃不到什么好东西的。顶多是一些枝
枝杈杈红柳和骆驼刺。太阳多么羡慕这个家伙呀，傍晚的太阳跟老人
一样谦和，一点也不骄横，白天它可是一只老虎。老虎现在变乖啦，
差不多粘在沙丘上了，老虎眯着眼睛看这个家伙享用油馕，一块油馕
几乎是一颗太阳，从馕坑里掏出来的时候他就发现了，他忍不住
看一眼天空，太阳很缓慢地在蓝天上迈着步子，跟个国王一样。他就
像个仆人，他很乐意做太阳的仆人。他正好跪在地上，一手扶着馕
坑另一只手很虔诚地伸进去，半个身子都贴上去了，完全是一个圣徒做礼拜
的样子，不停地俯下去，再俯下去，而且贪婪而专注地捧着香喷喷的
油馕，不是一个而是一大堆，地上铺着一块白布，金黄的油馕已经堆成一
大堆。他自己发的面，自己点的火，一根一根的柴进去，火焰很纯净，
没有一丝烟雾，红柳木柴烧到最佳状态，火焰就直了，跟悬挂
在天幕上的瀑布一样，没有一丝一毫的虚假，是纯粹的力和美，火焰
就用这种纯粹的力量炙烤馕② 缓慢地、小心翼翼地，跟

织在大漠里的顽强的驼队一样，那种耐心和毅力。在木柴之后就是他的手
艺了，馕坑就是他的突出的膝盖了，他跪在地上，扶着滚烫的
馕坑，他就像一个大木桩，就像一堆好柴禾，从柴禾的灰里扒出这么
多好东西，香喷喷香喷喷的好东西呀，他捧起一块油馕，噗儿噗儿吹上面
的灰，全是青灰色的柴禾灰烬，油馕的表皮跟釉子一样光滑，有些灰烬
是吹不掉的，得用手搓，在烫的油馕上先搓两下，差不多是
声音和实际的地方，火候总是跟馕烤在一起，很显然那火焰跟面
粉用力的地方，从整个面部往下运动的力量跟丸粒一样在拐弯
处形成漩涡，火焰跟面粉就缠在一起啦，跟人的肚脐
眼一样，那是一种温暖的记忆，火焰以及整个馕坑把它们
的记忆留在每一个油馕身上。烤馕的人一般不会搓掉这个肚脐
的。吃的人吃到这里就很自然地去搓掉火灰，再吃掉另一半。火焰
到此为止。还有记忆也很深地留在那里了。吃的人是不会注意这种感
觉的。烤馕的人就不一样了。他很虔诚地掏出来，很仔
细地看一下，吹一下，搓一下，跟端详自己的婴儿一样。他的
手不是手，是一大堆，火把他的手都染成青灰色了，跟
戴了手套一样。现在，他可以吃馕了，他拍拍手，他还保持着跪着的姿
势，一只手扶着馕坑，馕坑在慢慢地凉下去，太阳也一样，太阳已

经人间变成了奴仆，你像那太阳的模样，轻手轻脚顺着群山往下走。那是什么样的山啊，那座叫丢山的群山跟海浪一样很顺滑很自然地把太阳降落到大地上，把太阳镶上谦卑的金光。大地上的生命都是谦卑的。太阳内敛而含蓄。这才是真正的太阳。他就半跪在这个太阳跟前。这是我的太阳。他的心一点一点热起来。在傍晚太阳变凉的时候，他的心开始发热。那热量把他带起来，他就站起来，他的心真的热起来啦。他又跪在地上，这回是给那个傍晚跪，整把自己收拾起来就得跪下，不是半跪，是全心全意的双膝落地，一个一个弯起来，贴在一起。他双手搭上一大把迷迭香回去了。他好像很自豪这种姿势了，他在还原这种姿势。其实他在闻迷迭香的香味。只有在傍晚，太阳变凉的时候，迷迭香才释放自己。不是一个包裹，是一大堆包裹，跟一个发动机一样嗡嗡嗡地旋转着，放射巨大的能量。令人吃惊的是这巨大的热能把他的脸也带动起来了，首先是头发，乱蓬蓬的头发开始顺溜起来，有了光泽，那张瘦脸也有了光，眼窝里冒出一颗星星，又冒出一颗星星，两颗星星就够了。他是个很知足的人。他知道一个纯朴的生命只能拥有两颗星星。有了星星他的脸就活起来啦。那些夜里的星星，太阳退隐后，星星很羞涩地出现在天幕上。他望着天空，黑夜正在逼近，太阳刚刚下去，这时候的天空显得多么神秘啊！他可以好好地想想他的女朋友了，因为他的脑袋干涸得太久，现在用来思念还有点不适应，脑袋嗡嗡嗡响，发晕，像有人在拿撬棍。是她在念叨他。她会想起这个人。女人会叨一个人，这个人是会有感应的。‖两天前，他接到她的信，他草草看一遍，当时正上着班，那是一家私人食品厂，专营糕点面包。生意还不错。他看一眼信皮，眼睛亮了一下，她的脑子太不好使了，跟以前一样，他狠狠地骂了一下，喷一股蛋糕甜味儿了。他把信揣在兜里。他手里的活儿很顺畅，他正在给一个小孩子的生日蛋糕上裱花，孩子的妈妈凑得很近，小声告诉他小宝宝的生日和姓名，还有祝福的话。女人幸福极了，头发里有一股很好闻的香味，头发、耳朵以及脖颈间都在散发这种好闻的暖洋洋的香味。他嗅了一下，女人太有诱惑力，他好像腰一弯，就有抬直就没事了。衣兜里的信硬邦邦地搭了他一下。他很悲壮地看一眼眼前这个幸福的女人。他的女朋友那个家伙什么时候也能这么香喷喷暖洋洋呀！直到现在，他才意识到他有多么荒凉，他都要抖起来了。后面的活儿做得很是好些。这个妈妈太幸福了，很好看，他忽略了他的手艺。‖回到房子里，他有时间看这封信。他经常收到的一直是这着信，有时多有时少，有时出现空格。这封信里她的意思给予明白了，她答应嫁给他。这是他多年的心愿。他很高兴。他过大喜了。他把这种喜悦的劲头上放到大家。说80岁的活太多都在后半夜。常常弄得他很累，没有精神，老睡不够的样子，这哪像一个要结婚的人，简直像个孩子。他去洗澡理发，收拾一新还是憔悴的样子。他打算好好睡一觉，他吃了安定，睡了几小时。老板和老板娘很喜欢这个伙子，让他放心地睡。他也只睡几小时。他得赶到阿勒泰去，不然在阿勒泰上赶。他告诉老板他要亲手做油馕。“带上咱们的新娘不好吗？”老板和老板娘不理解油馕有什么好。小伙子说：“新娘美带不好，到了阿勒泰就不新鲜了。”其实小伙子自己也弄不明白为什么不带新娘要带油馕。小伙子这身打扮，像一幅画。老板娘要帮忙他都不让。老板娘就笑：“啧啧，一大堆心劲大得很呀！”小伙子把馕坑烧红的时候才意识到包馕的好处，无论是面还是洋葱，太简单啦，往烤馕坑里一放，就好了。馕的做法跟女人生孩子一样，要一番折腾。他被折腾得很舒服。滚烫热浪更让他感动。他跟火一样，被自己的热浪吸引着。从滚烫的热浪里冲出一股香气，是出坑的包馕。他都搞不清他什么时候学会烤馕。大概是小时候，在家给爷爷帮忙时，妈妈烤馕。他给爷爷帮妈妈打下手。那是一种带着甜香味的记忆。‖后来他到奎屯上学。奎屯这地方除了教育学院就是技工学校，他上的就是技工学校。他学会了……不然是哈萨克……。（我们不管怎么说，这个烤馕是不会烤馕的手艺的。他要给她一个惊喜，一个意外。他几乎每天都给她做糊涂。

⑤

那种依依惜别时的冰冰的食品，即使插上蜡烛，放起音乐也跟冰雪世界一样。后来，她去了阿勒泰，他就再也没见过她了。一张婚书就完了。阿勒泰太远了。他一直弄不明白，她为什么要跑那么远。同学们都在奋斗，后来去支援边疆了，再后来就是阿勒泰了。可能是那次求婚把她吓着了。他们在学校相遇了，工作后又见了，同学们都在结婚，他理所当然提出结婚问题，男方要主动嘛。她笑了一下，没答应也没拒绝。后来就到了现在的居住地，她到了阿勒泰，再北边就是外蒙古了。老板和老板娘结婚不久。老板娘说："兄弟我告诉你呀，你跟她是一回事，跟你结婚又是另一回事，女人是这事儿就乱了，需要时间让她静下来，兄弟呀你要有耐心。"老板说："听你嫂子的没有错，男人都要走这一关，我跟你嫂子，他妈的觉都睡不着。到了全民本本的时候还把老子晾了八个月。"他就没有老板这么幸运了，他被晾了好久，他差不多都成冰人了。他给馕坑点上火时，他多么兴奋。老板替他加柴和，"烧火烧，把天烧个大窟窿，给兄弟你的烟囱。"老板娘反而很沉静："兄弟呀，不要光记着自己，要了解对方，好不好你想想。"当馕坑烧成了干净的火炕时，老板娘把第一个面饼贴进去，软乎乎的饼子吱吱吱地叫起来，轻轻地抽搐着，在灼热中散出卷曲的芳香。他目瞪口呆。他不敢再往里贴这些软乎乎的饼子了。老板娘小声对丈夫说："嘿嘿，小子儿软啦。"老板偷偷地乐开了。他一直保持着半跪的姿势，直到软乎乎的饼子们吱吱地叫起来。现在他听清楚了，嘿嘿，他的眼眶里闪着泪花。哈，新的馕又要软啦，贴着她没说的，他和阿勒泰的滋味，胃就是大的馕坑，软乎乎的饼子又要开始吱吱叫，轻轻地抽搐，散发诱人的芳香。他的泪终于掉下来。泪珠子在滚烫的脸颊上吱吱吱叫着

⑥

24、满地打滚，才记起嘴里吃的是滚烫的咸味。他停止吐唾沫，他只尝到自己的泪。他的腮颊把泪全烤干了，根本流不到嘴里。眼睛里也不再流淌泪光。他的脸依然发烫，跟刚挖出地瓜坑的地瓜一样闪着黑油光，他滚烫的脸又净又光，泪光就流淌起来。他很不甘心自己的舌头这么烫嘴，泪珠滚动的感觉还没有消失。他手捧着半个烂地瓜，从撬开的茎叶上掉下许多渣子，跟豆腐渣一样。地上已经落了一层。他吃第一口的时候，地上就落了几个渣。//蚂蚁已经来很久了，蚂蚁搬走第一批地瓜渣的蚂蚁。对蚂蚁来说，一粒地瓜渣就是一个大包袱。接着来了许多蚂蚁。第二批、第三批往回搬这些美味佳肴。蚂蚁热情高涨，开始搬他脚面上的地瓜渣子。他的裤腿上也有、嘴角也有。蚂蚁爬入到嘴角时，他发现这些可爱的小家伙。他一抬手捉住一只，让它在手掌心跑。当蚂蚁跑到手指尖时，他就抖起来啪啦，那只蚂蚁好像遇到强烈的地震，跌落到地上，他再也找不到那只蚂蚁了。因为地上蚂蚁涌动，给他带来快乐的那只蚂蚁消失在蚂蚁的海洋里。另一只蚂蚁很快爬上来，它哪都不去，就往他手上爬。他的手跟藤蔓一样伸出去展开，蚂蚁就在这时爬到手指尖上，开始延续那种痒痒的麻酥酥的感觉。现在，他的手全都展开了，十根手指头上各自居着十只漂亮的小蚂蚁。说它们漂亮一点也不假，它们竟然是红的，透着亮光的红，跟玉石雕出来的精品一样。刚开始他以为是太阳的缘故，太阳把蚂蚁都映红了，他躲进太阳的阴影。蚂蚁涌动跟火苗一样。他抬高手臂，背对着太阳，他所看到的蚂蚁是真正的红色，是透着亮光的红。红蚂蚁正在用嘴巴细的钳子打通他来他手指尖的神经网络，身上的网络全被打通了，浑身上下全是簌簌的跳动声，所有的毛孔全都张开，那透气就像灌了暑气，汗珠子滚落，紧绷着缝里的阴气都出来了。//他走上沙丘，沙漠里有蚂蚁吗，干燥荒凉的地方该生这些可爱的小家伙。到外面的沙丘去一下，⑦到那个眼睛里去吧。蚂蚁是……

了那里。林紫薇的感觉开始从眼睛和脚上复苏。在河水浑浊的流动跟大江大河一样。他的表情一定很怪诞！

他从河边上下去，他蹲在地上看成群的蚂蚁。他小时候捅过蚂蚁窝，他知道蚂蚁是很勤劳的，蚂蚁都长着白色的肚皮，那都是黑蚂蚁。现在他看到的是红蚂蚁。蚂蚁很有秩序地奔跑着，不捅它们的窝它们不会乱。现在，他把手放在蚂蚁队列的前边，蚂蚁就沿着手臂上来了。他很高兴他成了蚂蚁的一条大道。他好好地站着，让蚂蚁爬到胳膊肩膀和背，还有脑袋和肚皮，还有腿脚。他干涸得太久，他差不多成了一根木头。现在他的感觉回来了。可爱的小家伙。他蹲在地上，他手扶着河边对河边说：我明白了你为什么能忍受寂寞。他相信河边听懂了他的话。我去见我的姑娘，我不能带着寂寞和悲凉去见她。他把那块饼送给蚂蚁，他所以为蚂蚁会马上消化，令人吃惊的事情发生了，蚂蚁着疯狂地一股汹涌的洪流涌过去，那块饼像金字塔一样开始向前移动。大漠里的蚂蚁，嘴吃草籽嘴吃肉体，偶尔也能吃到旅人遗弃的食品，那都是丰富的食品，像饼这种美味，那实在超出它们的想象。他从提袋里取出一个饼又取出一个，直到最后一个，这个饼留给他的姑娘。他一直担心他走不到阿勒泰，他现在可以告诉他的姑娘，蚂蚁全都吃饱了，我也能走到阿勒泰。说完这句话，他的心又悲凉起来，他不明白他为什么会说这种话。你跑不过蚂蚁吗？可你睁眼看看蚂蚁的洪流，跟一条大河一样，把整个沙漠都吞噬了。即使你到了阿勒泰，蚂蚁会到的。

今天是蚂蚁的狂欢节，蚂蚁搬走了一大块油饼，整个沙漠里的蚂蚁都来了，包括蚁王和本地的蚂蚁的各路好汉，它们不但搬走了油饼，它们还要搬他这个大活人，它们把他

(8)

当成最大的沙堆、蚂蚁王率先上来搬他，他被这个大个儿蚂蚁吸引住了，他伸出手去接这个大蚂蚁。那简直是一只红蚂蚁，有一只手那么大，他一伸手，大蚂蚁竟不客气地上来了，使劲地拉他，那真是千钧之力呀，他就顺势倒在沙地上，他在它的肚子上感觉到沙子的温热，接着是蚂蚁，好几只蚂蚁在拉他，不是拉，是一条蚂蚁还抬起的蚂蚁之河用波浪拥着他往前走，往前走，所有的孤独、寂寞、苦凉在这时刻全都化为乌有，从他的每一寸毛孔辐射出来的感觉都在昭示他的存在，他生命的扩散到四面八方，一定是那只蚁王在竭力地咬他，不是咬，在亲抚，吻在胳膊上，他的感觉不清晰了，比一条蓝色的大河还要清澈见底的河流幽深着，接着他迷迷糊糊的感觉离开了沙漠……他去过阿勒泰那地方他见过那条北方温暖而清冷的额尔齐斯河，在他没有绝望没寂寞的时候，他常常梦见那条河，梦见那春季青色的波浪，儿乎看不见波浪的形状，宽阔得跟草原一般向大地深处挺进。现在好了，他被美妙的感觉涌动着，他那么清澈那么有力量，去见一个姑娘，应该这样去见！月亮出来了，月亮就在沙丘顶上，蚂蚁的大河向月亮，他跟一条河一样也会到月亮上去的，月亮已经跑到沙丘上了，流到月亮背面去这是一件多么自然的事情，

我们都在这月亮底下，他就躺在蚂蚁窝里，我和你，我们都是月亮底下平等的个人，我们都是大地上平等的个人，永恒生命的个人，我们是蚂蚁呀，一辈子，二辈子，三辈子……

旅店伙计等着给他开门呢，伙计后来睡着了，伙计跟太阳一起醒来，伙计跑到沙丘上，院子就叫起来："红蚂蚁红蚂蚁！"蚂蚁的河流从沙漠深处一直流到旅店，流到那个开着门的房间。那个伙计看着红蚂蚁和他躺在床上，床上全是红（他进去的时候伙计不知道）

跋涉来到阿勒泰，来到姑娘身边。那正好是姑娘正在睡觉。所谓
睡觉也是半睡半醒状态。她几乎是个木头人了，全身麻木。蝴蝶叫醒她，她
才恢复了一点感觉，那感觉在扩大，在无限地扩大，她好像听见自己的
抽泣，那只蝴蝶在沙漠里就这么疯狂地唤醒
了小伙子，它现在又在唤醒这个姑娘，两个人的感觉奇妙地接
在一起，蝴蝶太伤心了，一下子叼住姑娘的耳环，姑娘呻吟一声，
举起双臂去拥抱梦幻中的情人，蝴蝶飞到了她的嘴唇，蝴
蝶又知道她要什么？那么大的一只红蝴蝶，跟一只手那么大，
翅膀正贴着窗户，红蝴蝶就像月亮上的一幅美丽的图案。
姑娘一下子跪在炕上，大声喘息着。那个小伙子的声音在夜
空回荡着，记得她跪倒的时候就这么出现在她跟前，泪
流满面地像在诉说别人的故事，在那个古文里，小伙
子常常唱阿拉伯语，有一天小伙子带着一个陌生女人过了一段①~~时间后就~~
~~去了……就走到克拉玛依，那时她在克拉玛依，小伙子~~
~~跪在她跟前……~~她怎么都不明白为什么拖这么久，她
②你和我，我们都是永恒生命的个人，我们是兄弟吧。她听到的声音
跟真正发生过的一模一样，声音和感觉都是一样的，甚
至脑海里的心跳都是一样的，这就够了。她贴着男人的脸，
她多么渴望这个小精灵，她流着泪闭上眼睛。
月亮那么亮，把房子都照亮了，亮得跟大白天似的。
③根本不需要他的帮忙，这种事她已经有过好几次了，她到
底需要什么，她也不清楚，生命的结局太多太繁杂，她就这样到了阿
勒泰，在这宁静的小城静一静……一切都太晚了……如果来得及
的话就是现在，随时①是现在，这是我们最后的机会。

2001.
5.7-8
9日早晨。

电影地方。小伙计的叫声让他太恐惧了，老板是第二个赶到的人，老板吓了一跳。老板见伙计有些发慌，指挥大家[illegible]，用大拇指用力掐他人中。还不停地大声喊："不要动，不要动他，[illegible]！"

老板对司机说："赶快救人，把这个人往大街上抬，就往医院抬，到了医院就说他是阿勒泰来的客人。"老板和司机一起冲到那个[illegible]一看他的样子，这家伙还沉浸在梦幻里面带微笑。老板问伙计："他在干什么呀？80块钱里[illegible]，他还在这里不回来哩？"

伙计说："我没收他钱，门开着他自己进来的。"老板放心了，老板说："我们大家一齐动手把这个家伙搬到大街上，让他自己找医院。"这家伙已经不能走了，他的腿都僵硬了。他听见有人说要把他抬走，他就跳起来，那一瞬间他从梦里跌出来的时候，他把他的衣服都弄破了，他又叫又喊，嘴里已经吐不出什么话了，只剩下一个阿勒泰，他从口袋里掏出一封信，在信上写一行字，是那个[illegible]的住址和电话，还有一句最重要的话：去阿勒泰！去阿勒泰！这显然是遗嘱了，司机和老板都答应了这个垂危病人的要求。再说去阿勒泰也符合大家的心愿。

阿勒泰那个惊慌失措的姑娘送他到医院，医生告诉姑娘，已经没法救他了。他的父母从阿勒泰赶来，带回去的是一个面带笑容的尸体。故事本来可以结束了，在小伙子的遗物里有一块精美的电子表，姑娘把它戴到手上，她好久一句不说话，电视在她身上开始[illegible]，她像是要跟谁说话，声音小得几乎听不见："他每年都给我做生日蛋糕，他每年都给我做生日蛋糕。"这块电子表就留在她手上了，也把实际的留给她的[illegible]。她不知道为什么会那么执着，那么像金字塔一样的[illegible]。大队的[illegible]从[illegible]里出来

⑩

李浩·手稿

《杀人夜》（小说）

刊于《作品》2014 年第 3 期

杀人夜

李洱

那阵天昏地暗的风沙过后，我决定向店家要一碗酒。唤来小二，我的手在自己的布兜里摸索，却没有摸到碎银或者铜板。我收回自己的手，指着面前的桌子请小二帮忙擦净，刚才的风沙在上面留下了厚厚的沙尘。"没想到这里的风沙真大"，我说。

小二的表情硬硬的，他飞快地做完自己的活儿，转身走开。那张桌子被擦成了一张花脸。我将身边的刀从左边移到右边，它响了一声随后又回到沉寂。我转过脸，望着门外的大街。

天昏地暗早已散尽，街上一片一片的阳光炽热地晃眼，空气如同凝在了一起，只有其中点点滴滴的亮点提示我刚才有一阵巨大的风沙来过，那些沙尘还没有完全散去。街道上空空荡荡，一条慵懒的老狗蹲在对面的墙角，无精打采的样子。吐出口里不经意灌入的沙子，口干舌燥的感觉越来越重，它们从嗓子的部位继续上升，整个口腔里都弥漫着一股火焰的气息。我决定向店家要一碗酒。如果小二向我要钱，我就将我手上的刀来抵押，它本来是很值钱的。

我对小二招了招手。他还是那副僵硬的表情，盯着自己的脚趾，没有发现我的招手。顺着他的目光我发现他的鞋子已经太旧了，所有的脚趾都已经露在外面，他木然地盯着它们看。它们不太安分，一动一动。

街上空空荡荡，残白的空气里升腾着细细的热浪，几片干枯的草叶升起又落下。对面，半蹲的老狗已经完全趴下了，像一滩灰黄的泥，整条街只有它的身体还略略有些水汽。我叫来小二，"你确定这里是入蜀的唯一通道？你确定，从长安至此，应当只有十天的路程？"

"你都问过三千遍了，"小二的抹布又抹了一遍桌子，它还是一张花脸，"我确定。我们老板不也是这么说的？"擦完桌子，小二没有立即走开，他在我身侧投下一条淡淡的影子，"你是不是需要点什么？"

我盯着他的表情。本来我想说那给我一碗酒吧可最后说出来的是什么也不需要。我盯着他的表情，他的表情硬硬的，似乎也没有别的包含。我说，"我要点什么东西会叫你的。"

小二转过身去。

正午的时光被炽热拉得相当漫长，让人昏昏欲睡，好在我又熬过来了。熬过那段时间实属不易，后来又一场风卷沙，比上午时小了很多，在这次风沙过后我没叫小二过来抹去灰尘，而是用手指在上面写字。我写"但见悲鸟号古木，雄飞雌从绕林间。又闻子规啼夜月，愁空山"，我写"脉脉。旅情暗自消释。念珠玉，临水犹悲戚，何况天涯客？忆少年歌酒，当时踪迹。岁华易老，衣带宽，懊恼心肠终窄"。写完这些字，我将刀端起，吹落上面的尘土，刀上的寒光被我吹出了波纹。街上，依然没有行人，那只老狗不知什么时候走了，它将那边的墙角空了出来。

"小二"，我说。我的声音沙哑，他应当能听出我的口干舌燥。

打着瞌睡的小二来了，他走得歪歪斜斜。没等我说话，他手上的抹布就又派上用场，桌面上的字迹被他用力擦去，现在，我面对的又是一张花脸。

"你说，你确定……"

"我确定。绝不会错。"

"那你，"我的手放在刀柄上，"你猜我来这里想干什么？"

"你想做什么我不知道。老板说不许打听客人的事儿。"小二还是那副硬硬的表情，"我们这家客栈住过形形色色的人。什么样的事都曾发生过。老板说，我们要学会看不见，听不见。"

"好吧。"我说。"我已经没钱了，我准备明天离开这里。你能不能给我一碗酒？"见他没动，我把手上的刀拍到桌面上，晃了晃它的光亮："明天一走，它就对我没什么用了。我想拿它换点酒喝。"对着刀刃吹一口气，我又将刀弹出声响："这可是一把好刀。"

小二没有回答我，而是将脖子伸长，朝门外望了几眼，"你要等的人应当就到了。"

那个我要等的人真的到了。他来到店门口时已是黄昏，风沙又起，吹得门外悬挂的酒旗猎猎地响。在风与沙中，那个我等的人推开了门。

"店家，还有空房没有？"他背对我关上店门，然后用力抖落头上、身上的沙砾、落叶和其它混乱的东西，那时他就像是一个沙做成的人。真的是沙做成的人，在抖掉满身的沙尘之后，他一下子显得苍老，瘦小，枯干。

"有，当然有，"小二硬硬的表情里突然露出一丝笑容，他甚至冲我偷偷眨了下眼睛，"空房有的是。我们可等了你多少天了。"

"哦。"那个人没有惊讶，"好啊。给我准备一间房。一壶酒。几个小菜。两个杯子，两双筷子，"说这些时那个人朝我的方向看了看，"我走得有些累了。"在经过我身旁时他冲我点点头，我觉得他似乎没有看见我放在桌上的刀。他一阵猛烈的咳嗽。

望着他的背影，在我身上一直积攒着的某些情绪一点点地流走，这个人，似乎并不是我要的那个人。他和我的设想那样不同。

……

我把剩下的时光用力细细地分成小段儿，一寸一寸地等着，终于等到了夜深人静。这应当是下手的时刻了，许多的传奇里都是这样说的，为了能让自己更像一个侠客，我换上自己的夜行衣。因为很久没有洗过的缘故，这身夜行衣有一股浓重的霉味儿，好在还可以忍受。只是胸前被树枝挂破的那个洞不好处理，一碰就会裂开得更大，它让我羞愧却没有更好的办法。在出门之前，我突然想到可以用刀遮挡一下，这个突然想到让我涌出了不少的力气。我吹灭了灯。

风黑，月高，还有三三两两的星。旅店里黑洞洞一片，我小心摸索，一步一步走上楼去。走到第四阶，我的脚下一滑，头重重地撞到墙上，而刀也被我慌乱中甩了出去——在一片静寂之中，刀的掉落声音响亮，小二的鼾声立刻止住了。“谁？”他问。我说是我。晚上吃得不舒服。“你晚上吃什么了？”而亮起的灯光熄掉，旅店又陷入到黑暗之中。

找回刀，我这次上楼便更加小心。那人房间里的灯还亮着，我用刀去悄悄地撬门，却发现门是开着的——“门没闩。你进来吧。”

我抱着刀，走了进去。

那人指了指对面的椅子，指了指对面的酒杯。

“我想，你应当知道我是来什么的。”

“当然，知道。”他又猛烈地咳起来，仿佛一定要把肺和肝咳出来为止。“我现在这个样子，你还怕杀不了我？也不急一时。”他指了指头，“我怎么也快死了，既便你不杀我。不如坐下来，先喝杯酒吧。”

我犹豫了一下，然后坐在他对面。那把刀，立在我胸前，它闪过寒光，让我也打了两个冷战。“我不会放弃杀你。我已经等你十几天了，不，我等了你近三十年。”

一饮而尽。它在舌尖上留下了苦。

我说我等了你三十年。要知道，在这三十年里，我天天都能梦见将你杀死，或者被你杀死。不过，在梦中，还是杀死你的时候居多。

他说他知道有许多人都想杀死他，许多人。现在他已经不再惧怕死，甚至希望它能早一点到来。"你能告诉我，你究竟为何要杀我？"他也饮尽了面前的酒，"想说就说，不说也罢。反正，我都是要死。"

当然要说，我必须要让你明白，我说。我说，那是三十年前的事了，当时你在吏部任职。哦，是的，他停下咳嗽，给我斟满了酒。

你受命，来陈州查办永王谋反的案子。杀了七百多人。

哦，这么说，你是永王的人？

不是。我从未见过什么永王。我和他没有任何关系。说这些的时候我的愤怒又回来了，它在我胸口处聚集成一块拳头大小的石头，我爹爹是在那时被杀的。他跟永王其实也没什么关系。可你却将他抓走，杀了。

"我不会杀一个和永王毫无关系的人。再说，我只负责查办，至于如何处置都是由吏部定夺，我再执行。"他凝望着眼前的灯，火苗在轻轻地一跳一跳，火苗之上有一股曲折的烟。"那时，我一心想讨君王和尚书的欢心。我办案，一直都是认真的。"

我端起酒杯。外面又起风了，门被风吹拍得山响，我感觉，这座旅店就像一条颠簸的船，独自行驶在风大浪大的海上。

我爹爹根本不是永王的人，他攀不上。他只是在县衙里当差，负责抄录公文、诉状什么的，闲暇时写一写诗。到死，他也未曾见过永王一面。

"我想起来了，是，是有这么个人。他自从被抓之后就一直哭，上刑场时他已经哭得力气都没有了。他是被一直拖着拖到刑场的。"他略略沉吟一下，"不过，我的确想不起为何杀他。我在吏部刑部十七年，处理的案子太多了。"

刀刃顶在他的脖子上，划出了一道血痕。他抬着脸，抬着他脸上那些稀疏的花白胡须，却似乎没有一点的惧色。——你想不起为何杀他，但你却将他杀了。甚至让我们全家都受到了牵连。在我哥哥死后不久，我嫂子抱着她刚刚一岁的女儿投入了水井。那时候，我就发誓要杀了你，一定。

哦。他又咳嗽了起来，整个身体都在巨烈颤动，我不得不把刀收回。因为，我的话还没有说完。我不能，让他颤动的脖子撞在我的刀上，这把刀可是一把锋利的刀。

"原本，我是一个书生，一心想考取功名。"我的眼睛一阵发酸。转过脸，我盯着高处，"在我嫂子死后我卖掉了全部家当买了这把刀。近三十年的时间，我天天枕着它睡觉，但一直都没能派上用处。"

他伸出手，摸了下刀刃。"真的是一把好刀。"外面风声呼啸，仿佛有一千匹奔跑的马，房子的颤抖也显得更为猛烈。"谢谢你用这么一把好刀杀我。"

"刚才我上楼来的时候，还能看到月亮和星星。"

我和他，碰了碰酒杯。酒，在回味中有一丝的苦。

那一夜，我们喝了一夜的酒。就像两个多年不见的老友，这话是他说的。

我对他说我的父母早亡，一直和哥哥相依为命，直到他含冤而死。我对他说，在今夜之前，在近三十年的光阴里，我无时无刻不在设想对他的谋杀，无时无刻。我像一条影子，一条遥远的影子，一只追踪的狼，跟随他由吏部，刑部，扬州，河间，四处辗转。我对他说，在京城和扬州，我先后放过三次火，然而它们都很快被扑灭了。我曾在河间的一家酒馆里充当伙计，因为据说他喜欢吃那家酒馆里的两道菜，我找了个机会下了毒……我还有一次，埋伏在灌木丛中，朝他的轿子射出冷箭，在逃走的时候摔在山崖摔断了腿，一直养了六个月才好，现在，它还时常隐隐作痛。我对他说，要不是他错杀了我的哥哥，我不会变成这样一个人，我也许会获得功名，在吏部、刑部成为他的同僚。我哥哥的死，把一切都改变了，杀死他成为我后来的唯一目标。我指着他的鼻子："这一天，来得太晚了！"

在这个过程中他不停地咳，不住地咳，有几次，我感觉他早就把肺把肝把胃咳出来了，现在他的肚腔里空空荡荡，只剩下咳咳咳咳的气了。是的，我即使不杀他，他也不可能活得太久。

他对我说，其实在这次被流放之前，我早就有机会杀掉他，如果真像我所说的，三十年的时间一直用来跟踪他的话。他说在刑部时曾因某件莫名其妙的事件而被弹劾，免职，在一个县衙里谋得一份闲差，那时他整日醉薰薰的，晚上常一个人到护城河边来回地走。"那是我在仕途上的第一次挫败，它让我万念俱灰。要是那时你想杀我，我会像今天这样，安静地等待去死。"他对我说，那时我没有动手，只能说明我怕。我是一个怯懦的人。

我飞快出手，狠狠打了他一记耳光。把他的咳打掉一半儿，让他将另一半像一枚牙齿一样咽回到肚子里去。

两杯酒之后，我向他承认，我是怯懦的。本来，我的命里注定我应当是一个书生。

我的耳光使他呈现了更多的老态，他已经是一个病入膏肓的老人，他的脸上已少有生气。对我突然的耳光他没有怨恨，虽然我期待他拿出这样的表情，以便我说服自己拔刀，杀掉这个表情——可他没有。没有任何的表情。

他对我说，他这一生，白忙为功名，到头来不过如此下场。他对我说，他的病在肺里，在肝里，在心里，在身体的任何一处，他现在只想早一点死去，他的妻子、小妾和儿子都在另一边等他。他对我说，他这一生起起伏伏，升升落落，许多的事都是多年之后才恍然明白，而更多的事则一直都不清楚。他对我说，有些事，既使一开始就明白，但不得不，不得不。他对我说，现在，他什么都没有了，除了满身的病，活着其实已能算是惩罚，所以他不怕死。

“真的是报应。当年我年轻气盛，总想表现自己，永王一案总怕漏掉一人，牵连到你兄长大概出于这样的原因，而对谋反，吏部、刑部从来都是……而我，这次流放，儿子被杀，家财充公，也完全是被莫名其妙地牵连——当然，我知道是谁想拔掉我这根钉子。报应啊，让我死在你的手上，真的是报应。”

那一夜，我们喝了一夜的酒。但谁也没醉。

那一夜，我们就像两个多年不见的朋友，这话是他说的。

他和我谈起官场倾轧，勾心斗角，党内伐异，看他如何翻手为云覆手为雨；他和我谈起自己少年风流，和一叫小梅的女子私定终身，还在她的要求下，将二人的婚约写在了一方素绫之上。后来韩晋考，中进士，留在京城为官，和小梅音讯两隔，最终娶了王家的女儿。她温柔贤良，是一个好妻子。两年之后，小梅的家人送回了素绫和口信，他说小梅在临终之前说道，我为女子，薄命如斯，是你负心所致。在我死后，必为厉鬼，叫你一家人辰昏折磨日夜不安！……说到这里他的脸上呈现出痛苦的神色。我告诉他，我熟悉他所说的这个故事，不过那个女子不叫什么小梅而叫霍小玉，负心男人名叫李益，这本是前朝故事。那个老人在一阵咳嗽之后大笑起来，"看来，世间的事没有几件是新鲜的。只是世人看不透罢了。"

他和我谈及他的妻子，嫁他之后三年便去世了，她在死前总是噩梦连连，他觉得这是小梅的冤魂作祟，请人偷偷给小梅修坟造墓，在她坟前种植了三十株梅花，可是没有什么效果。他和我谈及他的儿子，年幼如何聪明懂事，后来官至太守，最后被皇上找了个借口在午门斩首，自己也被流放蜀地。"我这样的身子，是入不了蜀的。我也想过会在路上被仇家追杀，我觉得你还是出现得早些。"

我向他承认，我的确可以在他刚刚上路的时候就杀掉他，但那样我可能跑不掉，我是一个怯懦的人。选择在这里守着，一是可以给自己充分的时间准备，二是荒僻之地逃生容易。我希望在杀掉他之后还能有几年属于自己的生活，在近三十年的岁月里，我是替他活的，替我爹爹娘子活的，替仇恨活的。

他给我倒上了酒。这是最后一杯。外面，风不知道在什么时候停了，远山上猿的叫声惨烈依然。"时候不早了。天马上就要亮了。"他冲我笑了笑。我看到，他暗黑的嘴角有点点滴滴的血。"我发现，这里的早晨比我家乡的早晨要晚得多。在这里也听不到鸡叫。"

我的两只手提起了刀。我问他，想不想看一眼早晨的阳光，他一边咳嗽一边点头，想。"你的病是肺痨"，我说。"不只是这一种病"。

我杀死了他，刀的确是一把好刀。

但我的躲闪还是慢了些，也许是因为酒的缘故，夜行衣上还是溅上了少许的血。我将他的身子放倒，用一块布盖住他的伤口，然后坐下来对他说："我对你说的故事不是真的。我是有个哥哥，他是一个横行乡里、无恶不做的悍匪，我知道许多人都恨他入骨，我和我母亲都恨，但他是我的哥哥。你在刑部时，下来办案，杀死了我哥哥，我没有责怪你的意思，可他是我的哥哥。我母亲要我报仇，不得已我答应了她。一个男人，是要信守自己承诺的，对吧？"

……走下楼来，小二已经站在门口，他打开了门。在我经过他身边时他突然问，"办得顺利吧！"天色还很昏暗，我看不清他的表情，从声音上判断，他还是那样，硬硬的，不带表情。

街上空空荡荡，只有我和我的脚步，头上的星星那么高远，那么细小，那么凉。风停了，风沙停了，仿佛它们从未出现过，没留下一丝一缕的痕迹。我抱着那把刀，它的上面也许，还有未净的血。

抬头，头上的星星那么高远，而月亮，则完全躲进了黑暗里。

李敬泽·手稿

《一世界的热闹　一个人的梦》（随笔）

刊于《作品》2017 年第 2 期

一世界的热闹 一个人的梦

李敬澤

張岱喜欢的事是、深深庭院、眼神波俏

一的丫鬟、繁花和少年、华丽的衣裳、骏马

三

静、一缕凉笛绕一弯殘月、三五人静坐静听

其中亦有張岱

張岱是爱繁华爱热闹的人張岱之生是

为了凑一场大热闹所以張岱每次都要捱到

热闹散了繁华尽了

張岱字宗子、居绍兴生死于明清之际

家世殷富少有捷才、然学书不成学剑

不成学节义不成学文不成学仙学佛

二

奔跑的姿态、神奇的灯烟花在幽蓝的夜空中绽放、還有梨园歌舞、紫檀架上的古物、雪白的手破开金黄的橘子、新绿的茶叶在白水中缓缓展开、这些都是張岱喜欢的事。

張岱还喜欢锣鼓吹打、喜欢人群、浩大的如粥如沸的人群、其中有張岱、張岱叹道人太多了、太挤了、太闹了、但人群散去，天地大

五

莫不就是大荒山青埂峰下女娲补天所遺的一块瘦石

張岱平生足迹，南不过绍兴，北至兖州、山东、江苏、浙江，由圣人发祥之地到六朝金粉湖上风月，地图上狭窄的一条正是古中国文明的中心。时当晚明，据说資本主义在此萌芽了，据说这萌芽又被掐掉了，但是——

張岱和他的人群正无边无际地欢乐鮮花

学种地皆不成，時人呼为废物、败家子、蠢秀才、瞌睡汉，到老了，一言以总之，呼之曰：死老鬼。

張岱之后百年，有賈宝玉生于金陵。張岱所受亦为宝玉所受，宝玉之阅尽大观，正如張岱奏够了热闹。該二人皆有与生俱来的冲动，成为废物，废了自己，故异史氏曰：宝玉岂死老鬼張岱投胎转世欤。張岱又字石公

七

真干净、是尘埃落定、所以張岱和他的人群見證了末世、他们见証无限的美无限的繁华、无限的精致复杂见证了缓缓降临的浩大的宿命、休說是王朝鼎革人事浮沉、这种宿命的末世感将穿越康乾盛世结出一朵最美的花、所謂阆苑奇葩、红楼梦、

红楼梦是无数的影子、其中有張岱的梦、

張岱晚年耽于梦、鸡鸣枕上、夜气方回、五十年

着錦、烈火烹油，他们不知道北方的蛮族正撞击帝国的长城，不知道一个下山岗驿丁的身后正聚集着更广大的人群，这是一支沉默、饥饿、仇恨的大军。

張岱不知道，張岱知道的是，这世界正在瓦解，天柱欲折，四维将裂，張岱在内心深处等待那一刻，那和满洲的鉄騎无关，和李自成的义旗无关，和历史无关，那是白茫茫大地

六

張岱好文字、不是那种正大的好、是纨绔子弟的那种好、好得有点赖皮、好得不讲道理。明代小品、文字通常是放得开了、但二袁其实还是官员气派、作爽朗、作洒脱、自高处平易近人、至于竟陵諸家、越放开越别扭、如仆人扮老爷、手脚不知何处安置、倒是張岱便是赖皮、便是不讲理、也是娘胎里带来的随便

八

未免成一梦、痴人说梦、遂有陶庵梦忆
張岱此時国破家亡、流离山野、所存者、惟破
床一具破桌子一張折腿的古鼎断弦的琴几本
殘书、还有梦、还有用秃笔蘸着缺砚写下
的字、字迹想来是枯淡的、但应是依然妩媚
如当年旧事藏于白头宫女眼角眉梢
張岱真正喜欢的事是
文字

十

張岱文字快、他喜用排比、快时直如大珠小珠落玉盘、目不暇接、張岱觉热闹、文字也热闹、眼观六路下笔如飞、无黏滞、无间断、小品文字、写慢容易、写快难、快而又磊磊落落跌荡流转如張岱者尤难、

張岱纨绔也、故有霸蛮气、行文如操刀造句如欺男霸女、如报恩塔起首一句、中国之大古董永乐之大窑器则报恩塔是也、

2017.1.1

肖克凡·手稿

《人子课程》（小说）

刊于《作品》2018年第5期

人子课程

肖克凡

我抵达这个世界的第一个任务是来做儿子的，当我呱呱坠地时就已注定。我不知道当时全家是否吃了喜面，但我敢断定我的到达并未引起他们的反感。

我就开始做儿子了。自觉不自觉便到了今天。我的父母并没有给我留下什么遗产，因为他们还都分别活着，不很健康。

很久以来，见过我父母的人，有的说我长得像父亲，有的说我像母亲，看法很不统一。我想，一定是父亲与母亲相貌有些相近吧？这才有了这两种殊途而同归的说法。

我想我是更像父亲的，我是他的复制。

对于父亲，我很长一段时间里印象不深。据说我四岁时曾随母亲去火车站送过他。他去了很远的地方，到新疆去工作了。

然而对母亲我也没有更多的印象。这

令我很是遗憾，似乎缺少了许许多多东西。

我在父亲缺席的情况下做儿子，12年没有男性可供我摹仿。我居然一天天成长起来，如今也做了父亲——有了自己的儿子。只是，我做起父亲来常感力不从心。

我知道，这一定是有原因的。

记忆里有了父亲，那时国家经济困难时期的冬天。黄昏时分，一个头戴大皮帽身穿皮大衣的男子推开我家的门，他提着肩着许多东西，呼呼喘着粗气。

我问："同志，您找谁呀？"

这个人就冲我笑。他很高很瘦，就像今天的我一样。如果更合秩序地说，今天的我就像当年的他一样。

外祖母一旁大声说："他是你爸爸呀！"

我至今没有忘记这句话，这的确是一个开始。当时我正读小学一年级。别的同学都有父亲，我也有了。

我因此而激动。

平生首次看到那么多饼干，是在父亲从新疆带来的小皮箱里。这只装得满满的小皮箱在我心中简直就是一家糕点店。我一头扎进去，吃了很久才恢复常态。父亲笑了，当然没有告诉我在新疆他过的是一种什么样的生活。我只知道自己在"节粮度荒"年代里，是个多么幸福的儿子。

没几天我就吃空了那只小皮箱，活像一只耗子。

父亲返回新疆时，没有带走这只小皮箱。他说明年我还回呢。于是，我又成了他遥远的儿子，他又成了我遥远的父亲。

我继续泥泞地做着儿子，时常想起那只被我吃得空空荡荡的小皮箱。班上有同学患了浮肿病，我没有患。我想这肯定跟那一皮箱有关。

而父亲却是两手空空返回新疆的，身上没带一块干粮，也没带一两粮票。那路程，多遥远啊。

有时我回想那不是一皮箱饼干，决不是。它是父与子之间的一种特殊物质。

后来，我在母亲授意下给父亲写过一封信。内容我忘了，大约是告诉他我期末考试成绩优秀，希望他多寄些钱回来。这是我识字以来所写的第一封信，也是至今写给父亲的唯一的信。他读信时的复杂感受，如今我能够大体揣摸出来了。

因为我也做了父亲——身兼两职了。

至今我也不明白母亲为什么让我给父亲写信。她可能是有意训练我的文字表达能力吧。

我依然遥远地做着父亲的儿子，很难进入角色。我学会看地图——寻找父亲的地方。地理课我全班一枝独秀，有一次居然难倒了老师。这位老师不知我的“地理情结”，面有愠色。

父亲的再次出现很突然。当时我几乎没有想起他的存在。他在放学路上等着我，活像个伏击者。他塞给我一把糖果，然后笑着说我从新疆回来了，我再也不回去啦。

我知道自己属于父亲了，心里竟然有几分害怕。这害怕可能源自陌生感吧。

我给一个陌生的父亲做了这么多年陌生的儿子。如今该实打实做儿子了——前景难卜，我在路上偷偷哭了。

我希望自己快快长大。在大街上见到成年男子便从心底羡慕，只恨自己长得太慢了。

莫非是我不愿做儿子？至今也说不清那是一种什么样的想法。

其实，做儿子是人生注定的事情

我与父亲一起生活了不长一段时间，他便另组织了自己的家庭。那段时间是短暂的，短得好像我与他从未一起生活似的。

于是，我产生一个愿望，希望他再生个儿子将我替换下来，就像足球赛场上的换人。终于没有“替补队员”将我换下，我只能继续上岗，在父亲不在场的情况下给他做儿子。

父亲偶尔来看望我和祖母。我们越发觉得他是我遥远的父亲，我是他遥远的儿子。

我长成了，进入社会谋生，先后挪动了几个单位，做小干部。渐渐，我体味到人的痛苦，心底很是迷茫。这时我与父亲见面的机会更少了，只是偶尔想起他来。

其实我并不理解“儿子”一词的份量，

做了这么多年儿子，都不是面对面给自己的父亲。我可能永远丧失了，不可追补。因此我又怀疑自己长得太快了。与父亲一起生活的那段短暂时光，已然成为一个常数和恒量，不可变更了。随着年龄增长时光推移，我与父亲共同生活的那段时光愈发显得短暂。有时我想，我还不如是个彻头彻尾的孤儿，也就不用在这两难处境中不得要领了。

如果我今生没有实实在在做上他一场儿子，这该是多么可悲啊。今生不曾拥有真正意义的父子体验，我又是一个多么可怜的儿子啊。

我渴望做个真正的儿子。

今年父亲生病了。我却忙着在家中给

自己的儿子做父亲，而且是全日制的。

　　父亲见了我，说胃疼。其实他已然病了很久，很潦倒的。我说要去医院查一查。

　　他没说话，而是将我介绍给他身边的人们：“这是我的大儿子。”

　　其实他只有我这么一个儿子，孤本。

　　我为父亲约了医院。他拗不过，只得去了。那天阳光灿烂，我俩一前一后走着。我在前，他在后。这时我蓦然觉得自己还是有些威武的，比父亲强大了许多。

　　父亲不多言多语，随着我的安排一项项查体，有时他看我一眼又迅速挪开目光。

　　不知为什么我激动起来。这么多年了，我与父亲第一次做着一件他乐于做我更乐于做的事情。这是上帝给我一次补课的机会。我们从未这么长久地相处着，相处得这么和谐。我当然十分感谢医院这个白色的世界。

父亲的那个家庭似乎完全忘记了他。我每餐都去病房给他送饭，往返要骑行三个小时自行车。这些年我从未如此奔波，很是兴奋。病友们见每天都是我的独角戏而从未换人，便伸来目光询问。

父亲就说："这是我的大儿子"。之后就有些自得地一笑。

我终于获得了这个机会，成为一个真正的儿子了。我终于获救。我因此而哭泣。

父亲很瘦我也很瘦，我庆幸上苍如此公平。他问我大手术要花很多钱吧。我说我有稿费。在此之前他从未读过我的小说，于是他也不知道我混入文学行当了。

手术后他下床我为他穿鞋。他躲闪着。这时我才想到：我在父亲不在场的情况下做了这么多年儿子，他也是在儿子不在场的情况下做了这么多年父亲啊。

于是，我懂得了什么叫做"人子课程"。

任何势力都无法强迫我做他们的"儿子"，因为我有自己的父亲。

我竟然在父亲病床前体验到一种苦涩的幸福。

我是个自学成才而大器晚成的儿子。不是吗？

汪政·手稿

《我们曾经小说过（外一篇）》（评论）

刊于《作品》2017年第4期

我們曾經小說過（外一篇）

汪政

呈現在讀者面前的是南京師範大學文學院文科基地班小說課的學生作品。我以為僅就這一的簡單的介紹就已經包含了許多的意思，此語題當然也讓讀者調整了自己的閱讀期待。

不知道這些年輕的學生作者之前有沒有寫過小說，對真實與虛構有多少理解，但擺在面前的作品是確實的一種生活方式因為這種以仿真的語言表達和再造一種經驗的主體存疑會使年輕人以認真的態度擁有或開闢出另一種生活另一種人生定會使他在文學出另一個自我而且每一次文學卻可能是不一樣的真實的我與文學出的自我進行對話這樣許多不敢對自己說的話可以說了許多自己不敢做的可以做了也做了愛恨及思想意識情緒許多異數的情感也得到了抒發和

維吉說，這些作品已經初具規模，像模像樣了，甚至我從其中見到了不少奇異的文字，讓我有了一種想見一見作者，想聽一聽他們對小說的理解的願望。

不過，相對於作品，我以為更具意味的是小說寫作課，我不想去討論文學創作是否可以教，也不想去議論現在大學裡紛紛而上的創意寫作，我想說的是人生的某一階段似乎真的需要試一下小說寫作，這裡的小說是一種文學體裁，也是一種思維方式、情感方式，甚至是的和事小说的生命毕竟更多的是由别人来演出的于是我们又不得不去观察这个世界观察别人结合那些平素不察的人与事会发现意味深长世界被不断地打开和激发令我们理解同情和珍重这些意义上说小说应是最富人道主义精神的当然这一文体最具魅力的是虚构虚构是一种能力是对实在的重组是对真实的超越是对不存在之物的想象是自我的放逐是人生的飞翔文就在这个意义上它会使

宣泄年輕人總是向前的向着未來的，但小說的寫作卻迫使自己卻頻頻回來，從容仔細地打撈往日的時光，去打撈我過往生活中的點點滴滴，甚至那些不曾受到陽光照射的陰暗的角落。小說還讓年輕人更加珍視自己的生命，珍惜那些似乎並不豐富的人生是值得書寫的，而且小說會使人認識到愛會使我們從今以後認真地生活，愛惜自己，不但愛惜自己，還會愛惜他人，因為顯而易見，自己的經驗無論怎樣也無法支撐起小說機會得到幫助理解小說、了解小說。

我是在閱讀這些年輕人作品中，更是在鄧平之師和他學生們的教學記錄中無意受到、這些的與其說他們在探討小說不如說是在探討生活、他們使小說這一古老文學文體具有了觀通生命的意義。

回歸生活的藝術

美國藝術理論家迪薩納亞克認為不要把藝術看得多神聖，看得多專業，看得多了不起。她在審美的人一書中指我們可以擁有無窮的心靈，我們的人生在那裡可以安放無數不寧的靈魂。

因此小說寫得好不好可能並不重要，是否成為小說家就更不要去討論，關鍵在於我們有沒有小說，這更關鍵的是小說作為一種生活態度和生存技能是不是能夠為我們擁有，想象一下人生境況，小說一下子甚至是大不一樣。

我相信這些年輕人在以後的歲月裡會時常記起來了中的這些小說時光，我更希望更多的學生能有變成為少數人的特權於是藝術從生活中逐漸分離出去所以適應繼而先提醒人們重視古代藝術經過對藝術與生活的關係重新進行思考確認藝術是人類的一種正常的和必需的行為是日常生活的組成部分。

現在我們看到在藝術領域一種看上去對立的情形正趨普遍化一方面藝術仍被人們認為是一種獨立的精英化的行為和文化產品被神化被壟斷另一方面藝術又正以多種方式和途徑

出藝術來要比識字歷史久遠得多，藝術是表達表現和強化一個群體最深層信仰和美好的儀式慶典的永恆而不可分割的部分，作為群體意義的載體和群體一心一意的激勵者與儀式結合在一起的藝術是群體生存所不可少的。在傳統社會中，為生活的藝術而非為藝術的藝術才是通則。應該說她對藝術史的追溯回顧與解釋是符合實際的，並且已經得到了藝術考古的證實。而通過這一說明了藝術的史前期狀況，因為藝術在後來的發展越來越專業，越來進入日常生活當中，幾乎所有的產品與環境都充滿藝術美，而業余的從藝人員更是越過了職業教育的普及，與網絡等現代技術的支持使任何人的從藝之夢都可以實現，可能使我們回向古代，我們正回到藝術之本原，當我們把藝術交給我們雙手雙腳的時候，它又漸漸地回歸到日常，回歸到生活中。

馬克思在對社會與人的發展進行過歷史與未來的設想時說：人性從元分的可能和諧統一自由發展于勞動實踐生產中展示藝術天性，那時任何產品都是藝術品，而任何人都是藝術家。

张炜·手稿

《刺猬歌》（小说）

刊于《作品》2017 年第 1 期

你泪水横流

"棒小伙儿叫廖麦，一生一世把你爱，爱啊，往死里爱啊，使牙咬，用脚踹，哧楞楞[redacted]摸进咱的怀[redacted]！廖麦！廖麦！"美蒂[redacted]念着顺口溜儿逗他，一遍遍呼叫，可对方还像死人一样仰躺着，差不多连呼吸也没有了。一会儿廖麦动了一下，蜷蜷身子，呼哧呼哧喘气了，鼻孔张大，两股热辣辣的气流[redacted]刷刷扫过她的脸，她的脖[redacted]，她鼓胀胀的乳房。她[redacted]忍不住，再次[redacted]念着顺口溜，伸手去抚摸他。

谁见过八月天里装死的男人哪，不想好好活的男人哪，二十年前的棒小伙啊，发烧三十九度不吞一粒药丸的犟家伙啊，可怜的一家之主啊，一丝不挂的心肝啊。美蒂跪在炕上看他，又望窗外。远远近近的野地上麦茬儿像男人刚剃过的短发，绿色稀有。一棵两棵柳树，一道两道光影。老天，毒日头刚刚生出来就是水银色，它像这望不到边的土地的主人一个脾性，凶狠如烙铁啊。土地的主人，换了一茬又一茬，过去姓霍、姓公社，如今姓什么？美蒂把小鸟呼气似的声音吐在心窝里：姓唐……

美蒂跪在男人面前，咬了咬他的两个乳头，像蚕豆一样硬。她把耳朵贴上心口去听，想捕捉由远到近的雷声：轰隆，轰隆隆。没有。她嫌一大把浓发碍事，干脆用细绳扎起来。她一拃一拃度量他的胸廓、双臂、大腿，在结实的小腹处停下来。“我的棒小伙儿，廖麦啊，孩子的亲爹，你该不是要死了？”她站起来，惊慌失措，手忙脚乱，环顾四壁，突然弯腰咬住了他的胳膊，又去咬他的腿子肉。

炕上的男人双眼睁开了一条细缝。就像另一个世界射来的目光，阴凉陌生，立刻让女人打了个哆嗦。“哎呀你吓死我了。你说话啊。”她一叫，他的眼睛又闭上了。她伏下身子重新咬起来。八月的阳光落在这黝黑的肌肤上，冒出一股烙饼的香味。“我想你啊廖麦，你心里知道我多么想你。咱家里不可一天无主，可你硬是昏睡了三天三夜。什么事情都好说好商量，我什么都听你的，都听你的。”她在啃咬的间隙里咕哝，那只比常人略大的嘴巴湿漉漉的，一张一合印在他的下颏上、喉结上。

他睁开了眼睛，睁得像往日一样大，一样美丽。他看着她问：“你听我的？”

她深深地点头。她像个日本女人一样长跪不起。

“那好，你，是啊，你就从头全讲出来吧。”

由于连续三天的高烧，他的声音干涩无力，不过在她听来却像扔出来的一个个生铁块，每个字都是，迎面砸在她的脸上、胸口上，她不得不双手护住热汽腾腾的乳房。“廖麦啊，你烧迷糊了吧，你让我讲什么啊。”

“你知道该讲什么。从头讲吧。”

美蒂去试他的脑瓜，去亲他一层白屑的嘴唇。他无动于衷。他用力咬着牙关，咀嚼肌绷得紧硬，尖利的目光好像仍在询问：不讲吗？

“你让我讲什么？你这个淘气的大孩子！瞧这脑瓜啊，像出锅的地瓜一样烫。”她亲他的额头，抓住他的双肩，想一边亲吻一边将他拉起来。这一刻他真的有些驯从了，偎在妻子的胸前，随着她坐直了身子。汗水雨浇般哗哗流出，额头、前胸，还有小腹、生了浓重毛发的地方，一时都变得湿淋淋的。他的脸色突然变得惨白，一双眸子闪闪逼人，美蒂的笑容一下就被这目光推回去了。她刚到嘴边的几个字也咽掉了，因为男人的大手硬生生地拽住了她的头发。她给拽得使劲仰头，可她忍住，一声不吭。

廖麦从高处端详这一头浓浓的好发：粗密如茴麻，顺着耳后披下，又被他一手攥定。他攥不透这女人的神密之林，无论怎么用力也还是一丝一缕地逸出。瞧她至今仍是个时尚之女，头发染成了一绺金黄一绺火红，说穿了不过是想过一回洋瘾。说真的这彩色披发总惹得他喉头发胀，让他像一个小伙子那样热血周流。可是够了，好日子早该过去了。廖麦把这一大把浓发挽在手上腕上，然后狠力一拽。他料定她会疼得呼喊，可是没有，她一声不吭。他攥她的后脑、脖子，拽，左右摇摆，用膝盖紧抵在她的背部。这个家伙背上已经有了不薄的脂肪层，此刻正透过润湿的皮肤发散热量。太热了，他终于给灼疼了。有一刻钟的时间廖麦攥定了她没有动，只从上方看着她：嘴巴大张，洁白的牙齿露出了多半；红润的双唇，微胖的下巴；大股的泪水从长睫上涌出，又顺着鼻侧、腮帮往下流，流进米色小布衫里，在乳沟那儿汇聚。双乳触目，没有乳罩，肥软挺拮。他觉得无论如何都没法遏制的烧火就在乳峰上燃起，一直往上烧，灼伤了他的双臂、肩，最后是头部。他生拽硬拉，捉摸怎样才能撕疼她的发根和头皮。这根子扎得太深，这得连根拔起才好呢。

她一声不吭。麦麦觉得一双眼睛就要出眶，噗一声把她推倒，三两下扯碎了她仅有的一件薄衫、一只短裤。她身体失衡的一瞬看了他一眼，那诧异的目光分明在问：干什么？你要干什么？

麦麦顺手摸起了炕下的一只塑胶拖鞋，一膝抵住她的上身，砰啦一声打下去。她的下体立刻凸起了一块红斑，清晰再现了一只鞋印。又是砰啦一声。她先是咬住牙关，后来再也挺不住了，像受伤的动物那样尖叫了，呼叫的还是那几句顺口溜。她扭开身子，尽可能不再滚动，这样麦麦可以打得更狂些。他不知是手臂上的汗水还是她的泪水在飞溅，只知道美蒂已经忍到了一个极限，因为她开始呼喊：

"妈呀，莫逮着汉子啦！"

麦麦手中的鞋子掉下来。他明白，在最幸福最冲动的峰巅时刻，她总是这样连连呼号。

熬黄鳝大扁

一个火烈的白天又要过去了。只有太阳收

拾一地水银时，美蒂才试着搀扶丈夫走出屋子。一股股热风掠地而起，不远处躺着几只酷热中死去的麻雀。“我敢说今夏是最热的一遭，又见麻雀这样了。”他说着，四下环顾。他好像对身边一拐一拐的妻子并未在意。四周，约摸二百一十亩面方圆都围上了篱笆，田埂小路树木房屋，处处皆可入画。这片田园的西部是果树和葡萄架，往东则是中规中矩的畦垄，是刚长出一拃高的青苗。喷灌器扫出一道道银须，它们像是无形之手在不厌其烦地描出大地的湿眉。身后是拐尺形的房子，单层，有阁楼，四周都有高大的加拿大杨和松柏、梧桐，这会儿几头花斑牛卧在树阴里。前边一百米处就是那个大水塘了，它闪闪发亮是整个田园的眼睛和心。它的一角有睡莲盛开，有蒲棒高举，栖息了几只炯炯有神的金翅鸟。廖麦咂了咂嘴巴。他闭上了眼睛，再不挪步。“我也走不动了，咱回家吧，咱这会儿该躺在炕上。”美蒂的脸庞贴紧在他的胳膊上，说话像呵气儿。

他不理不睬，坐在了地上。美蒂费力地倚

着他蹲下，支持不住，一屁股跌坐在地上，双手赶紧撑住了。她发出丝丝声，忍着。“我下手太重了。可是那会儿我没有办法，我停不下。”他怜惜地抚摸她的头发。美蒂盯着他：“我知道你烧了三天三夜，水米不进，你大概神志不清了。”他冷笑了：“从来都没有这么清过。我在昏睡这三天里游了阴曹地府，查了咱俩的今生来世，把什么都搞得一清二楚，所以我非让你说出来不可。你早晚会说的。”美蒂用亲吻堵住了他的嘴巴，因为眼上有一层泪花，就把脸转向了太阳沉落的方向。廖麦把她的脸庞拨正了，盯着她问：

“这里是我们的家吗？”

她点头。

“这不行。你得开口。”

她揉揉眼：“是我们的家。”

“为了这片园子，我们流尽了血汗，先是你，后是我俩，咱像小鸟啄食小鸟筑窝一样啊！可是你，要把它卖给唐童……”

“你知道这是没有办法。谁也没有办法，

四周的地全是唐瞳的了。”

廖麦牙齿咬得咯咯响，好像高烧未退一样打抖：“我听见你坐在窗前自言自语了，说‘这是咱最后的一个夏天了’！这是你说的吧？”

“是我说的。你明明知道唐瞳派人来了两次，乡头村头都来了，穿制服的乡棍也来了。”

“可我说的是你！你一个月都在我耳边咕哝這些！你在与恶霸唐瞳里通外合！”

美蒂尖叫起来：“天哪！天哪！我的天哪……你想到了哪里。你该不会真是这样想吧？孩子他爹，你千万不要这样想，千万不要！”她双手抱住了他，蹭着他铁青的胡茬，“你对我怎样都行，只是不要这样想啊，但愿你说的是气话。你被他们气昏了头。”

廖麦一动不动盯着水塘。他的长腿支在地上，青筋突暴的大手搁在膝盖上，干渴的双唇有道道血口。夕阳把他的侧面扫得一片金黄，整个轮廓更加清晰：几天的高烧折磨使他双眼深陷，眉骨耸立，颧部坚突凸起，眼窝里却时不时飞蹿火星。这是个周身由最结实的筋脉攀织而成的火暴男人，如今糊话满口，声如霹雳，双手一抓狠似铁爪。美蒂腹部、两腿、下体都在疼，这痛疼似乎让殷红色泽的夕阳弄得加剧十倍，她不得不轻轻呻吟，一边再次拥住他。

陆天明·手稿

《泥日》（小说）

刊于《作品》2014年第6期

第一章

加长的槽子车或腌鱼人

……那天下雨。下大雨。七天七夜。或者五天五夜。也许三天三夜。或者更多。更少。他已经记不清了。他只记得那是一种在阿达克库都克荒漠上千古百代都稀罕见的大雨。雨的精激。雨的狂怒。雨的排闼挺进。雨的震颤抽搐。就像是有人把灰白的阿伦古湖一下掀到了天上，又把它猛地折翻，让它倾泻。于是，一千棵一万棵千年的古树同时倾倒。一千匹一万匹千年的老狼同时仰头长嗥。一千座一万座山头同时从乌云密布的半空坠落。一千个一万个部族同时聚集在他们各自神祖的图腾柱跟前，向着火和太阳的升腾，跺动他们一致地戴起了铜镯铜铃铜箭镞的脚板。扭动……于是乎，干旱了千古百代的阿达克库都克水流为患。满坑满谷。满坑满谷地淌淌黑的黄的棕紫红褐的泥汤。旋转的洪水叫大块大块的陆岸崩塌。草根又一般地肥白……

他记得那天他没在村屠宰场门前停留。那一会儿，雨势悠悠忽忽地已经有所收敛。正在见小。车到家门口，他的确想马上跳下车，冲进屋去，找爹，叫他当着全家人的面，钉是钉、铆是铆地把事情抖落清。但他没这么干。干不动。他实在太累了。在雨地里连着赶了这么些给之后，他的确累了，一摊烂泥似的，一点也动弹不了。后脊梁上的那根筋儿，死死地扯住了后脖梗，粗暴起来，一痉一痉地抽搐。下半身也全木掉了。他甚至都没法叫自己一直盘紧的双脚，从巴叉着的腿弯里松开。他勾着下那段跟泡菜坛子一样粗硬的脖梗儿，把很大的一个脑袋，沉沉地垂落到胯巴裆中间，狠狠地歇了一气。雨水冰冰凉凉地从他的胸脯和后脊梁上连绵地滴淌。他那粗硬黑褐的皮肤，跟黑牛皮一样，当时大热大烫的，雨水一泼上，便丝丝儿地蒸腾起一股酸臭的热气。

后来，他叫大妹替他烧桶澡水。家里有专备来让男人用的澡桶。这桶，桶身深，桶口小。他往里浸，一坐下去，辛辣滚烫的花椒水就漫漫地漫到他宽厚的嘴唇上。澡间里，炉板烧得绯红。火墙烫得不敢摸。水蒸气弥漫。他头晕。喘不上气。虚汗淋淋淌淌地往外冒。他开始虚脱。那天起早离开老满堡城时，只匆匆啃了两口头天夜里剩的干馍，中午晚上就再没吃。这一路，不是没有吃食店或吃食摊，而是他没舍得花那份钱。也不想耽误工夫。只是在喂马的时候，跟着嚼了两把生苞谷豆，点了点饥。

那天，要不是又一次听到了那个古怪的声

音，他准得死在澡桶里。当时，他整个身子已经软不由满地朝桶底滑去。水进了鼻孔。他推不开它们。想喊。但除了呛进更多的药澡水以外，根本没出得来半点儿响。乏力的双手胡乱抓挠。整个胸膛里都像是填满了已经着了火的油棉，憋闷得就要爆炸。他知道自己不行了。只是不肯松了这最后一口气，偏偏把牙关咬得铁紧。他委屈。想哭。想到这个家，窝囊的爹，自己刚开始享有的一切……他觉得再怎么样也不能松了这最后一口气……

就在这时候，他听到了那声音。没错。是它。急切的，隆隆的，好像一团闷沉的老鼓，又好像在汪得儿大山背后埋藏了多年而待发的陈雷。它带着一丝怨恨，又带着一种叫人无法抗拒的气势，直透桶壁。他熟悉它，但从来也没听清过，它到底在咕哝个啥。从来也不知道它到底要叫他干什么。搞不清它从哪来，干吗老跟着他。只知道听过一回以后，就老想听到它。不能说它就是个女人的声音。但他的确想听到它。想摸它。他总觉得它是在叫他跟它去，他也想跟它去。他太希望有那么一个东西，能认真做了他一生的主，哪怕只是一种声音。现在它又来了。它有些不高兴。嗡嗡地胀红了脸，攥紧了拳头（假如它有拳头的话）。它嘟哝着，一板儿正经地查看着，又要他跟它去。他便窜起，在桶底猛地车转身，鲤鱼打挺似地拼命蹬了一下腿，手使劲向前抓扑，恰好扒住桶口，就这样，哗哗地带着一头一脸的水，从桶底里钻了出来……

后来，大妹来收拾澡间，见他脸色灰白，就问，咋的了？他什么也没说。他觉得说不清。出了澡间，进了黑长的过道，他还回过头来寻那声音。止不住地要回头。但声音再没有了。只有澡间的门，虚开着一条缝隙，漏出窄窄一线油黄的光，也漏出大妹用很旧的钢丝刷，一下一下刷洗澡桶的声音。

天啟两年前去赤满里联队补了个缺，当了个除吃粮穿衣、每月还能落几个子儿零花的联防兵。两年后，特肯吃苦又特能干的他，已经当上了新兵的头儿。专管新兵的新兵营管带。在抽打那些不服管教，又老改不了老百姓习气的新兵方面，全联队再没有谁能比他更下得了手的了。他手里老拿着根柔柔的树条，或者拎着根用生牛皮编起来的细长的教鞭。其实他还不满二十岁。而那些从各处搜罗贱买来的新兵，有许多都三四十了，卖来买去，有的都当过几回“新兵”了。但他们都怕他，也服他。不只是因为他下得了那手，真肯打，更主要的是，他真能干。新兵的活，除了操典射击，就是要做老兵们不肯再去做的那些乱七八糟数不完的勤务。你说干啥吧，和泥巴打土块上房揉掏茅厕清阴沟钉蹄铁牵牲畜牵羊剥皮掏脏种瓜点豆浇水挖渠搂草上垛碾场打把阉鸡骟马锯刨铸铧犁锄耱耙……你干个啥，他都能给你挑出个毛病；可他干啥，却总叫你漂亮利落，而且他还真干，真是能干。他似乎天生就是个干活儿的，打人的。他的肩膀又厚又宽。两条腿又粗又短。巴掌伸开来，就是一副在娘胎里淬过火了的铁笊篱。

头些日子，驼队新来了个指挥长，叫朱丰铃。细皮嫩肉的，戴副金丝边眼镜。在印度那边一个叫孟买的地方，一家英国皇家军事工程学院念了六年书回来，还带回来一个皮肤有点黑的老婆和一对皮肤不算黑的双胞胎男孩。有一天，朱指挥长忽然把肖天放叫到自己家，忽然打听起他的身世，忽然说到天放一家曾在老满堡住过许多年。~~说肖天放的父亲也在驼队里任职，他和肖天放的父亲共过事。~~特别叫天放吃惊的是，朱指挥长说，那会儿，你爹就是这驼队的指挥长。虽说那会儿驼队的兵员还没有这会儿的多，但你爹大小总还是个把搞挺拿的指挥长。怎么，他一点都没跟你提起过？我那时候在他手下，还只是个屁毛都不是的书记官，只镇个儿当年官的衙里！朱指挥长这么说。

肖天放不相信。他记得肖家在老满堡城里居家过这日子。那年他五岁。~~也许四岁~~也许还要小一点。但他不能相信，也不敢相信朱指挥长最后所说的那些。~~他不能相信，也不敢相信自己的爹爹居然还是自己今天所在的老满堡骑队的指挥长。~~他觉得朱指挥长在逗他。就像前任指挥长“老狗头”那样，总喜欢找个接茬，叫几个新兵蛋子上他家去混折腾一番取乐。

朱指挥长的略嫌偏了些的国字脸上，这时虽然匀称地分布了一种含意并不明晰的温和的微笑，但眼底的神情，却明显贯注着关切和询察。他那微微咧开着的薄嘴唇，轮廓是那样的鲜明，加上唇上那一抹总修剪得十分整齐的黑髭，使在俊秀中透出丝丝锐气和明智，也透出一种多少要叫人为之担忧的危险。这时，他那双奇特的手，在胸前略微弓起手背，手指头触着手指头，静静地安放着。在整个谈话过程中，他一直这样让它们一动也不动地安放着。他靠在宽大的皮圈椅里，把脚交叠起，搁到写字桌上，这么地伸出，显得很随便，很温和，也很认真。他请肖天放也随便一点。找把椅子坐下。或者，从冰桶里取点菠萝汁，掺稀了来喝。总之，完全可以随心所欲。但肖天放不敢。他依然坐得笔直。上身微微有些前倾。两眼紧紧盯住指搽去，紧紧贴住裤腿的巴掌心，在湾湾地湾出垫汗。

他不相信朱榕搽去所说的这一切，但又不能不信……

雨越下越小，终于只剩下一片微细而又匀和的淅沥声，在忽远忽近地移动。大团大团冰凉的湿气，从黑得发粘的老房子背后，漫过宽阔而又低矮的屋顶，铺盖到空空落落的院子里满满地隐着那同样冰凉的晨风，向四下里伸展。那棵老榆树，仍然是那样地壮实、阴暗。荒草长得齐了窗台。草棵里散然着生锈的马拉农具。用树条子编扎起来的栅栏，大段大段地歪倒在水坑里。后山墙拴着两头黑叫驴。四匹自小由他养大的狼狗，猛猛地冲出来，扑到他肩头上，表示亲热。他没想到，它们居然还记得他。一见他，居然还躁动得那么厉害。

这就是家？

是的。

他曾经想竭尽全力地去归置好它。他是那样的有力气。在哈捷拉吉里村，再没有哪一个男人能像他那样有力气了，也再没有哪一个后生小子会像他那样尽心尽力地来归置自己的家了。屋顶上做椽用的木板，全是他用斧子一下一下砍出来的。做椽用的木板，不能使锯子锯。锯的板，起毛，滞水，易沤。假如再依刨子推一遍，又多一道手续，费大了工夫。所以，阿侬在湖边许多村子里，干这活，直截了当依斧子砍，把锋钢的斧刃磨得亮了。天放想到雨从阿林河源头来，一连七天七夜，乌云简直就像墙在了窗户眼上，雷紧着在方格儿的烟囱管里进进出出，房梁震得嘎吱嘎吱直摇晃，弟弟妹妹们唯一的去处，就是老老实实待在这小山背后的大屋里。他想到自己砍的木板，能让他们干干爽爽地躲过那连崩山包也要淹去半截的洪暴，他每回都要多砍出许多来，留做后备。他割那院子里的荒草，泡那猪圈里的臭水，拿硝石、硫磺碾成了粉，去大干沟的陡壁上摘猩红的蔓珠子果，捣出浆汁，一起拌和，用它治猪娃身上的癞疮。他清理地窖，修理桌腿。他掮着鸟铳，整夜整夜地守在塘子沟一边的柴草垛底下，打那狗日的黑獾，炼狗日的油，专治烫伤……他鼓起一身的肉疙瘩，做那乌黑枣红的腌鱼桶。

那时他十四岁……十五岁……十六岁……以至熬到了十七岁，他不得不走了。他并不是一开始就讨厌、嫌弃爹的窝囊的。不。爹不窝囊。不糊涂。更不是个肉头货。当他急切地想知道自己的爹到底是个什么样的“货色”，但又怎么也闹不清、说不准，并且明晰地觉出自己再怎样使劲儿也无法改变这个家的现状时，他不得不走了。

……天放长得丑，爹的个头要高出天放一个头。同样不使膀子卖命，天放的手和脸总是黑漆抹乌的，爹却总是一副青生生干净样儿。他不赌。对烟和酒，有也过，没呐，也照样过。没瘾头。不馋它们。他喜欢娃娃。村里的那些"泥猴"和"了屁"，常常故意折腾包括自己的三个女娃和三个男娃（他不逗天放。从来不。）他喜欢听他们叽叽哇哇乱叫。乱扭。他从来不打娃娃。弟弟妹妹经常挨的不是爹的棍子，而是天放的巴掌。在这个家，一老绷着个脸，跟狱警似的，给弟弟妹妹做规矩的，也不是爹，还是天放。爹有一个好饭量。也有一身好力气。他腌得一手好鱼。这一招，在阿侬古湖畔，绝对是一件了不得的事。虽说都是咸鱼干，他在这个一把盐倒腾出的"咸"字里，却能给你玩出十九二十种各式各样的味儿。还有一手，也挺绝，他腌的鱼，不会坏，经得住存放。存多久，鱼肉不会干巴，不硬绷，老那么油汪麻花，透着个润劲儿，香红香红。他爱替人办事。他替人办事，总在给自己解闷儿。但他那"闷儿"，解得才真叫地道。譬如你托他做个板箱，存点面、存点豆什么的。转过身，他连箱攀、锁鼻儿都全给安齐了。里头搽上桐

襻

翁，不叫豆和面，红豆和黑豆混了。等上罢腻子，再拿砂皮砂光净，叫儿子们抬到你家门口。剩下油漆活儿，就是你自个儿的事了。他没那么些钱，~~赔不起油漆钱。不是不想往里贴。而~~油漆特别贵，也不好买。即使在索伯县城，一年里头也来不了几回货。

比起别的一切的一切来，萸更喜欢女人。他只爱跟村里那些三十出点头二十大几的老丫头小寡妇们瞎缠乎。他从来不在外头跟她们胡来。他把她们叫到家来。他有一张木床。大厚板。大方腿。宽得像个戏台。他在床底下铺上草褥、毡毯、床单，预备好用水的铜盆、梳头的镜匣和那条用了几十年的英国毛毯。他喜欢把那些女人塞到这大木床底下去做他的好事。没人知道他为什么不肯在床上干，更没人知道他为什么偏偏要在自己家里这么干。娘管不住他。她老了，病病歪歪，睁着失神的眼睛，活像一把在房顶上搁了五八十年的干瘪铁皮水壶。萸却总是不显老。萸说他在这些女人堆里摸和，是为了给天狗相亲。但谁都清楚，这些个女人都比天狗大许多。她们只喜欢跟天狗的爹摸和。

萸不管家。他总是在凑合、将就。荒草长得齐窗沿了。土豆烂在地窖里。马拉犁具在院子里生锈。护窗板上的旱獭皮掉毛、起团儿、

陈应松·手稿

《松鸦为什么鸣叫》（小说）

刊于《作品》2015年第12期

是實實在在的地名：九條命是九個背鹽工的命，而悲慘地在二十世紀六十年代發生的殺死七個人的事件都並不遙遠、兩個房縣挑夫殺了來神農架踏勘的林業部如省林業廳的技術員們「有的才大學畢業、剛剛結婚」，那兩個挑夫就是沿着那條藏在原始森林的路，挑着搶劫來的

松鴉為什麼鳴叫——

陳應松

忽然下起了大雪。伯緯已經踏上了雪線之上的公路。傳說過去翻過皇天埡，再翻過韭菜埡，便有了一條通往房縣的古鹽道，伯緯沒有走過。那得走上幾天，要經過殺人岡、打劫嶺、百步梯、九條命一道霧氣，連楓楊樹也因恐怖而豎起了乾瘦的枝條。只有落葉松在舞——蹈着，展開玉色的裙子。看久了，它們會成為一群——樹精。伯緯發現，公路上有影影綽綽的人正在冒雪砌护路的水泥墩子。這是好事情。伯緯甩了一記羊鞭，怕羊群在人群和沙石堆里錢財住房縣逃歸的。現在，那條路已經湮埋在荒無人跡的深山老林中，眼前的這條大道取代了它。深厚的冰，還有路邊石崖上的冰瀑、這一線、那一壁。雪花大且夾雜着生硬的雪霰。從這里四下望去，整個皇天垂露出森嚴的氣象、遙不可及的山頭、和山坳間蒸騰着深藍色的飛了降下山谷。山上沒有草，雪線之上的山頭，雪把草都覆蓋了，羊沒啥可喫的。他趕着羊下了山，他要把這兒的情況告訴家人。

「山上全在砌护路的墩子。」他對他的老婆三妹說，對女兒女婿和孫子說。

老散了。還有一些臨時工棚。他很高興。也看了看那些已經砌好的護墩，先用石頭再周邊用一個框子灌水泥砂漿。因為那些木框子就擺在路邊，很大很大的一個，簡直像些棺材。不過伯纔据量這樣的墩子是否能阻擋得了出事的亂車。小車馬馬虎虎，大車一撞就會把它們撞的羊呢。狗的身上沾满了浮雪，爪子是湿的。伯纬呆呆地嗅了几口烟，闻到了一股焦糊味。是狗，把自己的毛给烫了。

「如果护路墩再这么修下去……」可是他的心情并不那么乐观，不管那些影影绰绰的人和零乱的土地，给了他这个冬天的惊喜。雪

「羊還在叫嘛。」他的老婆三妹從廚房里出來嘞才她睜着被冬天的火塘熏得紅腫糜爛的眼睛。

沒有誰理他，沒有誰在乎他說的這件事：砌护路墈。他坐在火塘旁邊開始抽煙。從野外拖康回來的狗頂開門進來了，但牠還以為是一只因為饑餓竄進來的，光溜的面孔像剛剝了皮的紅薯，兩只手十個指頭一個也不少，牙齒整齊，耐看，單眼皮，沒有多少心思，動很大。這大概是二三十年前的概況了。有一天，他研究着皇飞堰通往邨里的那一個挂榜岩。油光泡亮的挂榜岩上面傳說是一部天書，說誰研究出來了誰就會越聾越學，華的叫聲，會更難聽。砸擊子的工人們會龜縮在工棚里，然後將那些石頭和砂料，遺留給翻漿的春天，成為一樁有頭無尾的工程……然而事情總在變化。但他已經老了。他吧嗒着煙，吧着吧着，顆牙齒嗑了出來。早先的伯緯，還是十分完好

陈忠实·手稿

《白鹿原》（小说）

刊于《作品》2014年第10期

第六章

白嘉轩第三个儿子降生以后，取名为牛犊。在二儿子骡驹和三儿子牛犊之间，仙草按照每年一个或三年两个的稀稠生过三男一女，全都没有渡过四六风这~~没有见过天日~~就成为白鹿三十圈里的鬼。四个孩子的死亡过程一模一样，如出一辙，出生的第四天开始啼哭，日夜不断，直到嗓子嘶哑再哭不出。到第六天孩子便翻起白眼，眼仁上吊。仙草看见那翻吊的白眼仁就毛骨悚然。白赵氏冷冷地说：“还是一个短命的。”其实在孩子刚刚发生尖锐的啼哭时，她就料就了这种结局。她将一撮干艾叶在手心搓啊搓成短短的一柱，栽到孩子的脑门上，用火点燃。

那冒着的烟和燃着的火渐渐接近头皮，可以听见脑门上的嫩皮被燃烧的艾叶灸烧的吱吱声，烧焦的皮毛散发出一股刺鼻的焦臭气味。白赵氏不管抽搐扭动的孩子，硬着心肠又把同样的艾叶栽到孩子的两边脸颊上，烧出两块黑斑。这四个孩子都经过艾叶的灸烧，却没有一个能活到第七天。仙草每一次都忍不住撵问，尤其是那个女儿。白赵氏不哭也不劝她，每次都只是一句话："注定不是阳世的人。"白赵氏一生生过的男孩和女孩多数都死于四六病，唯一能对付的就是那一撮艾叶，大约只有十之一二的侥幸者能靠那一撮艾叶死里逃生，脑门上和嘴角边却留下圆圆的疤痕。白赵氏[redacted]从炕上抱走已经断气的孩子，交给鹿三，鹿三便在牛圈的拐[redacted]角里挖一个深坑，把用褯子裹缠着的死孩子埋进去。

以后挖起牲畜粪时，把那一块地方留着，直到多半年乃至一年后，牛屎牛尿将[redacted]幼嫩的骨肉腐蚀成粪土，然后再挖起出去，晒干捣碎，施到麦地里或棉田里。白鹿村家家的牛圈里都埋过早夭的孩子，家家的田地里都施过渗着血肉的粪肥。几十年后，白鹿村来了几个穿白袍戴白帽的卫生防疫干部，微笑着向村民讲解："四六疯实质上是破伤风。问题出在脐带上。只要把剪脐带的剪子搁锅里煮几滚就行了。"果然，这种几乎无可抗拒的四六绝症在白鹿村渐渐绝迹。牛犊法实是阳世尤物。白赵氏的三柱艾叶挽住了他的小命，脑门和嘴角留下三个圆溜溜的疤痕，笑的时候倒添了一种娇媚。白赵氏[redacted]据此训斥对艾叶失去信心的仙草说："你不信！这下你信不信？老辈子人传下的办法能错了？"仙草却不无遗憾："生娃要是个女子就合人心上来了。"白嘉轩有一晚跪在炕下对正在给牛犊喂奶的妻子说："你给白家立功了。白家几辈子都是单崩儿。我有三个娃子了，鹿子霖……俩。那女人这二年再不见生，大概已经腰干①了？"

隔了一年多点儿，仙草又坐月子了，这是她第八次坐月子。她现在对生孩子坐月子既没有恐惧也没有痛苦，甚至完全能够准确把握临产的时日。她的冷静和处之泰然的态度实际是出于一种司空见惯，跟[redacted]拉屎尿尿一样用不着惊慌失措，到屎坠尿憋的时候褪下裤子排泄了就毕了，不过比拉屎尿尿稍微麻烦一点罢了。她挺着大肚子，照样跪在案板前擀面条坐在木墩上拉风箱，到井台上扯着皮绳拔动辘辘把

20×15=300　　中国作家协会陕西分会

①腰干：传说断止月经。

绽放，腆着大肚子纺线织布，把兰草割成的靛搅到染缸里染布。甚至比平常劳累程度更重按她自身的经验，这样干着活儿分娩时倒更利索。这天她正在木机上织布，腹部揪然一阵，她疼得几乎从织机上跌下来，当眼睛周围的黑雾消散重新复明以后，她已经感觉到裤裆里有热烘烘的东西在蠕动。她反而更镇静，双手托着裤裆下了织布机，缓缓走过庭院，临进厦屋门时头顶有一声清脆的鸟叫。她甚至从容地回过头瞅了一眼，一只百灵子正在过厅的梧桐树上叫着，尾巴一翘一翘的。跨过厦屋门槛她就解开裤带丢到地上，一团血肉疙瘩正在裤裆里蠕动。丈夫和鹿三下地去了，阿婆抱着牛犊串门子去了。剪刀搁在织布机上。她低下头噙住血腥的脐带狠劲咬了几下，断了。她掏了掏孩子口里的粘液，孩子"哇"地一声哭叫。刚才咬断脐带时她已经发现是个女子。她把女儿身上的血污用裤子擦拭干净，塞进自己的大襟里贴上炕去，用早已备置停当的小布单把孩子包裹起来，用布条[redacted]捆了三匝，塞进被窝。她擦了擦自己腹上腿上和手上的血污，从容地溜进被窝，这才觉得浑身没有一丝力气了。白嘉轩回家来取什么工具，看见屋脚地上一片血污一股腥气大吃一惊。他摇醒她问怎么回了，她眼也不睁手也不抬只是说："快烧炕。"他扯来麦秸塞进炕洞点着火就烧起来。青烟弥漫，仙草呛得咳嗽起来。他问她："人好着哩？"她说："渴。"他又跑到厨房烧了一碗开水给她端来。她嘴唇不离碗沿一气饮尽，感动得流下眼泪，这是她进这个门楼以后男人第一次为她烧水端水。她缓过一口气来，就忍不住告诉他："是个女子！"嘉轩说："这回合你心上来了，也合我心上来了。稀欠稀欠！"仙草又忍不住说了孩子落草时有百灵子叫的事，嘉轩背抄着手在脚地上踱步，沉吟着："百灵……百灵……白灵……白灵……就是灵灵儿娃嘛！"

白灵顺顺当当度过了四六天关，顺顺当当出了月子，仙草绷紧的神经才松弛下来，如此顺当地躲过四六关期反倒使她心地不太踏实。这天晚上，她将一月来反复琢磨着的一件心事提出来："给灵灵认个干大。"嘉轩听了，"嗯"了一声，随即附和，表示赞同。他现在偏爱这个女儿的心情其实不亚于仙草，更怕灵灵有个病病灾灾三长两短，认个干大就有护荫了。他说："认谁呢？"仙草说："这由你看着办。"

嘉轩先提出[redacted]冷先生。仙草说：“你去问问咱妈，咱妈说认谁就认谁。”

吃罢晚饭，白嘉轩端端的坐在那把楠木太师椅上，把绵软的黄色火纸[redacted]搓成纸[redacted]捻儿，打着火镰点燃[redacted]捻儿纸，端起白铜水烟壶，[redacted]捏一撮黄亮黄亮的兰州烟丝装进烟筒，“噗”地一声吹着火纸，一口气吸进去，水烟壶里的水咕嘟咕嘟响起来，又~~一口气~~徐徐喷出蓝色的烟雾。他拔下烟筒，“噗”地一声吹进气去，燃过的烟灰就弹到地上摔碎了。白赵氏已经脱了裤子，用被子围着下半身，一只手轻轻地拍着依偎在怀里的小孙子牛犊，~~与马驹和骡驹俩人共一条被子两头打对儿睡着。她~~嘴里哼着猫儿狗儿的催眠曲儿，轻轻摇着身子，看着儿子嘉轩临睡前过着烟瘾。她时不时的把儿子就当成已经故去的丈夫，[redacted]那挺直腰板端端正正的坐姿，那左手端着烟壶右手指头夹着火纸捻[redacted]儿的姿势，那吸烟以及吹掉烟灰的动作和声音，鼻腔里习惯性地喷出吭吭吭的响声，简直跟他老子的声容神态一模一样。他坐在他老子生前的坐椅上用他老子留下的烟具吸烟，完全是为了尽守孝道：他白天忙得马不停蹄，只有在临睡前就着油灯陪她坐一阵儿，解除她一个人生活的孤清，夜夜如此。他一般进屋来先问安，之后就坐下吸水烟，说一些家事。她[redacted]相信儿子[redacted]在族里和在家里的许多方面都[redacted]超过了父亲；她恪守幼时从父出嫁从丈夫老来从儿子的古训，[redacted]十分明智地由儿子处理家务和族里的事而不予干涉。嘉轩过足了烟瘾就说起了给女儿认干大的事。白赵氏[redacted]

[redacted]没有确认两代交好的冷先生，[redacted]说："我认鹿三好！"

嘉轩收拾了烟壶捏灭了火纸到马号去了。鹿三正在马号里给牲畜喂食夜草。马号宽敞而又洁整，槽分为两段，一边拴着红马和红马生下的青骡，一边拴着黄牛和黄牛生下的紫红色犍牛。槽头下用方砖砌成一个搅拌草料的小窖，鹿三往草窖里倒进铡碎的干草和青草，撒下碾磨成细糁子的豌豆面儿，泼上井水，用一只木锨翻搅搅拌均匀，把粘着豌豆糁子的湿漉漉的草料添到槽里去。黄牛和犍牛吃食草料时，挂在脖子上的铜铃清脆地响着。鹿三背对门口做着这一切，放下木锨，回过头来，看见嘉轩蹲在身后注视着他的劳作。他没有说话更不用惊慌，仍然按他原先的思路在槽头忙着[redacted]。[redacted]

雨田·手稿

《麦地》（诗）

刊于《作品》2016年第6期

麦地

•雨田•

1.

何处　谁在这里　布满哀伤的麦地有矮麦生长
麦地此刻风雨　上空有苍鹰从头上走过
麦地边的河岸上有人无语独坐　树没有声色
河滩滚满卵石　世事总是出人意料
那个在收割麦子时舞动镰刀的女人从早到晚为自己唱着挽歌
五月的风光与她无关　她那紫红色的双乳抖动成滚动的麦子
花朵开放黑夜　麦子在麦地之外生长
雨悬钟覆着很久　很久的日子　眼睛溶于天空
那颗比秋天的草垛还要松软的太阳是谁呢
光明悠悠地起伏　潮湿的影子使云霞沉重
孩童们在一堆牛粪火旁低低呼唤　麦草构筑的四合院
围住他们　仅仅是为了倾听　孩童的声音挂在树上

河水在空中飘　无端忧郁的头发使河水低低唱着沉默
山岗鲜红的骨髓孕育出麦地里繁殖的花蕊
秋天深沉　激烈的酒碗中通出朴质的语言
人　一出世就在为自己唱着挽歌　自己的挽歌自己唱哦
谁说又不是呢　谁又能走出自己的掌心
麦地里生长着爱情　麦地里收获着痛苦
谁敢说他不是在给自己送葬　从秋之荒原的早晨走向黄昏
在一个深冬的早晨　从麦地出发走向寺庙的朝圣者失声痛哭
头上拂晓的风吹皱了她脚下的路　她在幻想中变成一个苹果

她心中光明 带着无法描述的纯洁的深沉梦幻 她
无力地举起失色的眼睛 人 天空 树木 村庄都失去了颜色
河流般的眼睛血水淋々 悬钟破裂成碎片
死亡的血线上住满了白色的旗帜 坟墓里黑暗吗
看到这一切 诗人的双目没有光辉 诗人感到有一种沉重的痛苦
不知诗人手中紧握着的是一把麦粒还是一把人的灰烬
树在摇荡 诗人的心在颤抖 诗人的血里住满石头
谁也不知道谁在这个时候为什么会痛哭
风铃响了 哀乐如醉 许多的人都无法知道他们自己在为自己送葬
日潮无边 人群在麦地里渐々地变成弯曲的麦子
那飘荡河岸的枫树不就是诗人的胡须吗 死亡走进他

他在绝命中追述往事 他撕裂自己的皮肉绽开出朵々向日葵
也许 诗人的死就是他的诞生之树
尽管麦地或岁月都很苍老 站在黑夜的人群
难道没有听见太阳落地的声音吗 一个黑夜走向另一个黑夜
那流传万世的颂歌或挽歌都将从麦地里长出

2.

雪飘 白色树上结满黑色的乌鸦 老人的许诺被红色的余响吞没
空旷的麦地住满巨大的卵石或声音
有一只乌鸦低头而下 白色花便开放在黑夜
无形的手高举 整个人类都渴望挂满浑圆的果实
所有的愿望都伸展自由的翅膀 石头的声音 风的声音
面对无人影的麦地 拨开夏天与影子对话
每个早晨 那朵忧伤的玫瑰都会默々地期待从远方而来的鸽哨
在这块苍老而又不能正常发育的麦地里 爱情生锈

成千上万苍白的面具握在空空的手中
雪或眼睛模仿着死亡 另一种脸孔他满射手
人已认不出麦秸 一面牛皮鼓的声响沉没在没有阳光的黄昏
谁支配旋呢 农妇火焰般的眼睛象飞鸟一样划过天空
秋天 那些裸露的空空的椅子变成了黄昏沙漠
野玫瑰凋谢处 水滴敲打一只黑翅膀的死乌鸦和草
那只死去已久的狗在跳跃 树木静静地立着 死去的狗仍在跳跃
雨后的麦地沉重沉重 人类和人的记忆在回想什么呢
麦地吸收雨后变得更黑暗 阴影之间风已下沉
伤口或造成伤口的手之间有一支猎枪庄重的站在那里沉默
红色鸟惊飞 黑色乌鸦惊飞白色雪惊飞
深冬 播种的农夫象虫一般地蜷缩着 麦地犹如一张发黄的毛边纸
空间除了风和时间的嘀嗒声再没有别的声音
凄悲的麦地上无人经过 只有老牛无力地挪动起沉重的蹄
春天的影子远离它而去 冷静的世界沉默
梦幻的领域无声无息 劳作的农夫默默播种 忍受
黑色的苍鹰盘绕上空 在麦地的高处有一种听不见的声音悬挂
农夫们生息的意愿沉默之后不断加固 唯有情歌冷却
那些站在麦地旁的树木被风抽黑了脸
阴郁的日子浮在冰河上面 阵阵着获救了自己
那些喝大碗酒 吼唱起民谣的汉子们把头直插云霄
他们独对雪暴 然后躺在女人的怀里 他们活得实在
白毛风在他们脸上留下深深的爪痕 就是他们倒下的麦地上
也会长出风景 阳光被苦难肢解 播下的麦粒在黑色的麦地里呼吸
无穷无际的目光柔软 麦地里长许多手掌 语言来自麦地

日轮播出凄苦的钟声　时间超越麦地　人间忧郁无比

3.

麦地冰封　欲望熄灭　残忍冬天的沉默
白雪覆盖红血　谁仍在祭奠　从焚毁奉献苍白的诺言
女人仍在挣扎　疯狂的孤独占有了她　她是有血有肉的女人哦
暮色包裹着她　岁月太古老太沉重的压在她的头上漫无终日
苦难无始无终　绝望虚幻　她高举死神之长鞭
无声地吞噬她自己的血腥的呼唤　这巨大的呼唤有谁能听见呢
麦地穿着白衣　树披着白发　她在暮色中怎么也越不过那堵白色的墙
她低声的独白只有她能听见　声音雪白雪白
有一个人　他的墓碑上永远刻下了这种声音　雪白雪白的声音伸出了手
她的目光透明犹如两条清冽冽的小河　所有的河流　都
没有这般透明　麦地长出麦子　麦子任黑风抽打　从早晨到暮色
麦子在麦地里舞蹈　那个女人站在她的之外听麦子歌唱
那单调或凄凉的歌唱声在麦子头上飘荡犹如一面旗帜之势
多么悲伤的情调　多么残忍的画面令人痛苦
在这块孕育着爱情孕育着痛苦的麦地里　有一个人在麦地之外
久久徘徊　谁又能理解他呢　挽歌或所有的苦难伴随着他
阳光或太阳都不属于他　属于他的只有深深的叹息与悲伤
麦地白了又绿　麦地绿了又黄　麦地黄了又黑
日轮滚动　那个女人或他怎么也无法越过那雪白雪白的麦地
乌鸦或苍鹰在麦地里寻食　他们的皮肉被啄开　血覆盖雪
他们给他们自己送葬　他们的灵魂后面跟随着一只瘦狗
麦地雪白　麦地青青　麦地金黄　麦地漆黑
麦地上空飘荡着他们唱给他们自己的挽歌　挽歌……

4.

那场发疯的季风里 许多的人在麦地里流尽了血 流尽了泪
一个幼小的灵魂被套上了沉重的绳索 灾难降落
人没有模样 残叶在风中颤抖如手 草发出悲泣
从遥远的云端到荒芜的麦地都飘洒着纸钱 空间焚烧起没有必要的火
麦地在燃烧 石头在燃烧 躯体在燃烧
有三棵母亲之树在焚烧之中悲惨的倒下 阳光冰冷 麦地冰冷
麦地上的江河冰冷 父亲终于认识了人本身价值的重量
当一个神圣的偶像居占了所有的灵魂时 麦地没有长出麦子
麦地苍白 苦难沉重的压迫着麦地 沉重的压迫着植物的生长
一切都在沉默中挣扎 麦地飘飞鲜血涂染的花朵 太阳在何处
上帝 岸边孤独的树上刻满哀伤的眼睛 苦难的岁月总难忘怀
人在延伸世界 人在毁灭世界 人扭曲了人
麦地沉浮着 麦地上有腥风血雨上升
生命之脉搏被野蛮压抑着 历史的眼睛浑浊
栅栏林立 所有的河流都没有去处 栅栏变形
在一个溢满寒气的春天 成千上万的人象精神病患者
他们发疯似的排着长长的队伍 仿佛
长久以来期待或者盼望将是他们自己欺骗自己
所有的一切对于每一个人来说都是一个固定的模式
风和时间在舞蹈 鲜血淋淋的肉体炼狱着野玫瑰一般的忧伤
情绪的黎明里没有太阳 生者与死者幻化成植物的丛林
人类活着 人类也死去 人类在时间之外生生息息的建筑
而山岗和树木都进入沉重的葬仪 何处又是上帝的黑夜呢
人们在闪电之中等待信仰 等待希望和爱情 痛苦无法消失
死亡或墓地重重复复 你要做人的话 你必须举枪枪杀自己
活着的一万个人就有一万个模样 谁的思想只是一个形状

许多的人都必须用一种无知的方法把自己变成面具
森林里没有鸟　人们的需求指向痛苦　麦地上空没有鸟
灵魂被肢解　雪正飘　人们失声的痛哭已经浮起
人们痛哭而如一块冷石　时间或世界痛苦

5.

在忍耐的麦地里　女人裸露　女人颤抖
这时　所有的灵魂都在倾诉　所有的哭泣都在祈求
血泪从忧郁和痛苦的女人的哭泣中流出　灵魂淹没
那挥舞花圈的送葬队伍把太阳抖落　谁站在墓坑旁
面对雪野　面对绝望的男人的歌声一般的播种着咒语
多么沉重的咒语犹如一块高悬在空中的墓碑　时起时落
白鬼走过　红鬼走过　黑鬼走过　那个招魂的人站在他的之外死了
出殡的锣鼓声中飞鸟逃离　太阳坠落如一颗冰冷的卵石
一场灾难连结着又一场没有必要的灾难　那裸露死去的女人圣洁如水
人们用神往的目光叹息着　人们站在雪野如一片黑压压的树
一只狗残缺着一只腿站在遥远的高处没有声色　血与雪
神交和融合的语言覆盖着麦地　从那深深的形体中感受到人类的命运
一种流传的言辞泛滥天空　黎明破晓　梦仍飘浮
死去的女人眼睛没有合上　她死去的红唇绽开着一朵郁伤
而又美丽的玫瑰花　风　轻柔地掠过　麦地里萌发着许多春天
一群鸽子盘旋在空中　鸽子没有离去　鸽子在悼念着死去的女人
丛林般的黑夜里有灵魂复活　不可抑制的欲望暗暗地支配着谁
难道不会有一条船载满人们到达彼岸吗　脚步如此的沉重
一种旋律一支苦难的歌沉浮在世界的掌心　只有风的沉默

滋养着人的尊严 那片黑色的麦地犹如一片黑色的阳光
在这个时刻 死亡的钟声不响了吗 人们穿过麦地犹如穿过广场
可谁知道阴影遮覆的记忆中有一条河谁也无法渡过去
预言终归预言 人们从此不再相信自己的眼睛或者声音
他们在灰色的天空下反反复复地播撒着种子 收获的却是苦难
麦地里淌满了他们的鲜血 他们不声不息的播种 收获
天空裂开 是否是母亲的悲哀在倾诉 闪电之后
潮湿的风带来了雨 从此 诞生和死亡之中的梦又笼罩暮色

6.

从播种到麦收季节走向黄昏的那位老人—— 你是麦地
走向晒场的歌手 你失声的痛哭也是那么动人 那么深沉
在北方风和残树组合的天空下 你犹如黑色的火焰在歌唱
日光燃烧 卵石般的河流发出低低的声响 麦地雪盖
野河沉重犹如宁静中传出低低的挽歌 麦地上声音巨大
声音消失在冬天深厚的掌心 而此时此刻 老人在黄昏之下喃喃低语
被风敲响的钟在生命与死亡之中晃动 梦或其它的东西
红色的血流淌满黑色的麦地 树荫下的河面沉闷
欲望在悲伤中睁开双眼 春天最终还是来迟 白色树来临
没有意志 候鸟生存着 麦子生长着 一切无声默默

麦地深处　几颗穗粒纷乱地在繁殖人类
歌者在无月的河流中洗脚净身　太阳昏睡　夏日幽暗
谁支撑谁的影子在黑色洞里爬行　无始无终
人们进入麦子的想象　人们没有伸出手　人们用血泪般的眼睛
去触摸空虚　天空苍白　所有的一切都毫无价值或者意义
谁也不会想起　这块茫々的麦地上是谁沉浮的苦难
人们丢失了手中的钥匙　背乡离去　人们向往喧骚的村庄
人们走过的地方　河流凸出镜面　山丘丛林虚化
许多肮脏的手上沾满黑血　尸骨在燃燃　夜没有辉煌
麦地空々　苍鹰在空中展翅　世界没有发出最终的暗示

7.

人类悲哀　上帝毫无价值　希望在绝望之外　越过山岗
爬行在潮湿的季节　麦浪滚々　五月的时光里魅力增添
谁和谁在新的岁月里漫步　用灿烂的泪水使景象复苏
大师凡高无力的走出色彩　他遍身是血　麦地流着血
石头流着血　太阳流着血　偶然
他用无色的声音高唱着死亡　他的身后长出一片红色的树
长出一片红色的麦子　歌声飘尽　他的红胡子越过墓地
他终于发现他并没有死　仍高唱死亡

风走过麦地 人们听见了他的歌唱 谁也说不出他为什么歌唱
酒和麦子以一种姿态停在农夫的残指上 凡高的头颅不翼而飞
落在很远很远的山坡高处 幻化成一座红色的火山
让整个人类都燃燃的燃烧 燃烧 燃烧哦

8.

麦子或生命的舞蹈 源始于上帝或命运
生与死之间 没有人敲响未来世纪的门 有一种泪水
只在心底流淌 而这种声音只要一种人或一个人才能听见
一滴泪水就是一个象征 一粒麦子的养份孕育着人类
农夫们围着火塘盘腿而坐 门外的雪和阳光都很温暖
金黄的兽肉散发残阳的气息 洒透整个山庄
农夫们醉倒在乡愁里 彷佛 他们让女人的柔情软化
无法沉睡 麦地里整个生命抑制不住死亡的来临
树伸出巨大的手掌握住延长的送葬队伍 谁孤身一人走向荒原
有一只从深冬里飞出的红鸟居住进他的体内 红鸟恍惚而美丽
太阳开放在太阳之外 麦地里生长着麦子
许多人的模样在麦地里辨认不清 道路伸向远方
行路的人与行路的人都毫无来由 行路的人远去了
原野闪耀如镜 人们最无法认识的是人们自己的面目或价值

乌鸦或苍鹰在麦地上盘旋　农夫们低着头
谛听谁的招魂的声音　死亡或诞生的　房门关闭或敞开
诱惑之中　人们透过世界——这巨大的空棺看见另一群人
赤身裸体　走出苍穹的眼睛　归来呵　归来呵　归来
人或麦子谛听谁的招魂的声音　人类的眼睛惶惑
苍茫的感觉依旧　神鸟从不知道谁的手指拨动钟点的步履
昼与夜漫无边际　谁也说不上谁在为一杯酒色得意呢
麦地此时为水　麦地此时为彼岸
一个多愁善感的人走过麦地　最终没有拾到一粒麦子而丢了自己
他总想说点说什么　而最终什么也没有说　他只是默默地站在麦地
只是沉重的谛听谁的招魂的声音　他的影子幻化为黑夜或石头
整个人类都在祈祷　麦地里生长着麦子　麦子流血　麦地流血
整个人类都在流血　谁的招魂的声音也在流血
血盖着雪　麦地里生长着麦子
雪盖着血　麦地里播种了麦粒
麦地里生长麦子　麦子喂养着麦地　这道理就这样简单　如此

1988.9.15.——10.15.一.二稿
写绵阳.墓地

欧阳江河·手稿

《凤凰》（诗）

刊于《作品》2015年第3期

給從未起飛的飛翔搭一片天外天在天地之間搭一個工作的腳手架神的工作與人類相同都是在荒涼的地方種一些樹炎熱時走到濃蔭樹下樹上的果實喝過奶但它們更想喝冰鎮的可樂因為易拉罐的甜是一個觀念化鳥兒銜螢火蟲飛入果實水的燈籠在夕照中懸掛但眾樹消失了水泥的世界拔地而起人不會飛卻把房子蓋到天空中給鳥

個造假鳳凰飛起來茫然不知此身何身這人身同體這天外客這平仄的裝甲這顆飛翔的寸心可被犧牲獻出被參粒灑下被紀念碑的尺度所放大然生活保持原大為詞造一座銀行吧並且抵準事物的夢幻性透支直到飛翔本身成為天空的抵押

其二

身輕如雪的心之重負啊將大面積的資本化解於無形時間的白色片片飛起並且在金錢中慢慢積蓄自己慢慢花光自己而急迫的年輕人慢慢從叛逆者變成順民慢慢地把前途像梯

的生態添一堆磚瓦然後從思想的原材料取出宇和肉身百煉之後鋼鐵變得婀娜黄金和廢棄物一起飛翔鳥兒以工業的體量感跨國越界立人心為司法人寫下自己鳳為撒凰為搽其一

人類並非鳥類但怎能制止高高飛起的激動想飛飛就用蠟封住聽覺用水泥塗抹視覺用鋼針往心的疼痛上紮耳朵聾掉眼睛瞎掉心跳停止勞動被詞的膂力舉起又放下一種叫做鳳凰的現實飛或不飛两者都是手工的它的真身越是真的越像一

而行因為偷樓的小偷留下基建卻偷去了它
的設計資本的天體器皿般易碎有人卻為
易碎性造了一個工程給它砌青磚澆鑄混
凝土夯實內部的層疊嵌入鋼筋支起一個
雪山崩般的鏤空 其四 得給消費時代的CBD
景觀搭建一個古甕般的思想廢墟因為
神跡近在身邊但又遙不可及得給人與
神的相遇搭建一個人之境得把人的目力所
及放到鳳凰的眼瞳裏去因為整個天空都
是淚水得給我是誰搭建一個問詢處因為

子一樣豎起慢〻地登上老年人的日落和天聽中間途經大片大片的拆遷夜空般的工地上閃爍着一些眼睛

其三

那些夜裏歸來的民工倒在單據和車上沉〻睡去造房者和居住者彼此沒有看見地產商站在星空深處把星〻像煙頭一樣掐滅他們用吸星大法把地火點燃的煙花盛世吸進肺腑然後優雅地吐出印花稅金的面孔像雪一樣落到雪地上雪踩上去就像人臉在陽光中漸〻融化漸〻形成鳥蹟建築·師以·鳥爪躡足

個臨時工因為童年的恐高症把管道一直
鋪設到銀河系幾個鄉下人想飛但沒機
票他們象登機一樣登上百鳥之王給新月
鍍烙給晚霞上釉幾個城管目送他們一步
登天把造假的暫住證拋出天外證件照
一個集體面孔發名一個無人稱法律能
鑑別鳳凰的筆跡嗎為什麼鳳凰如此优美
地重生以回文體拖曳一部流水韻轉世之善
像衬衣一樣可以水洗它穿在身上就像瀝
青做的外套而原罪則是隱身的或變身

大我已經被小我丟失了得給天問搭建塵
的話語得將意義的血肉之軀搭建在大理
石的永恆之上因為心之脆弱有如紋瓷而心
動不為物象所動 其五 人類從鳳凰身上
看見的是自己的形象收藏家買鳥是自
已成不了鳥兒藝術家造鳥因為鳥即非
鳥鳥群從字典緩緩飛起從甲骨文飛入印刷體
飛出了生物學的領域藝術史被基金會和
博物館蓋成幾處景點星散在版圖上幾個
書呆子翻遍古籍尋找千年前的錯字幾

量聽一聽樹的語言並且從蚜蟲吃樹葉的聲音取出聽力請把地球上的燈一起關掉從黑夜取出白夜取出一個火樹銀花的星系在黑暗中越是黑到深處越是之不夠黑 其十六

鳳凰把自己吊起來像一個天問去晉懸而未決人太極般點幾個穴位把指力點到深處形成地理和劍氣大地的心電圖安頓下來天空寧靜得只剩深藍和深呼吸像植入晶片的棋局下得斗換星移卻不見對弈者閒敲的著法如飛鳥落子於時間和棊盤之外神抓起一把星星扔得生死茫茫一堆廢棄物竟如此活色生香破壞與

的變整體為部分變負窮斯為暴富詞被迫成為物詞根被鉏根攥緊又禪宗般鬆開落植的一瞬交易獲得了靈魂之輕把一個來世的電話打給今生

其六

為最初一聲有人遲到懷古之器的遠處但在更遠處有人投下抽絲般的逝者的目光神的鳥兒飛走一隻就走一個詞但鳳凰既非第一個從詞語飛走的鳥實也非最後一個幾千年前它是一個新聞被尔雅描述過百代之後它仍然會是新聞因為每個時代的新聞都只報道古代那麼請將電視和廣播的聲音調到鳥語的音

建設焊接在一起工地綻出噴泉般的天象水滴
熔火上百萬顆鉆石以及成千噸的自由落體以及
垃圾的天女散花將落未落時突然被什么給
鎮住了在天空中凝結成一個整體 其十九

二〇一二年三月三日完稿於紐約
二〇一五年一月十八日抄畢於橡樹灣

金宇澄·手稿

《轻寒》（小说）

刊于《作品》2017年第8期

[redacted]

[illegible]（节）

在那时，我还能终日坐在岸边，看船、看小镇的座座桥梁。两岸有不少店铺，狭窄的街道上方架着挡雨遮阳的廊棚。到了阴雨[redacted]季节，这些建筑苍老而晦暗，完全褪去鲜艳的色彩。行人穿行其间，阒无声息，犹如鬼[redacted]湖的灵魂。这是一种梦断香消的景象。如果推开镶着明蛎壳的窗扇，你会听到丝弦之音及弹词女人凄婉的歌声。[redacted]小镇充满诗意，在黑夜中，青灰粉墙阻隔了微弱的灯光，你只会在远方看见湖中的渔家灯火。

在那时，我结识了一个理发铺的青年。我去那铺子里看，看那些由水路送来的过期报纸。铺子门可罗雀，有一把转椅，窗外就是河，店的柱脚[redacted]浸在水里。有时，有船撞到这柱脚上，转椅和镜子就摇晃了，恍如身在舟中。他接近窗子那下面的角落说："报角[redacted]。" [redacted]他是个脸色苍白，有些害羞的人。他站在一排雕刻过的[redacted]窗廊前（可能由什么老屋拆来），窗上镶着黄灰色的明蚝壳。这像是一个幽暗的背景。墙上的宣传品多，但印满水渍。铺子里潮湿。

我只是想在这片故土上，找一个息壤，并不想同他多说什么。他领我到一间老屋去。这是他睡觉的地方，四边隔着杉木板壁，很暗。他给我倒茶，他的白脸正对着我。闲谈之中，他说自己一辈子没什么指望了。我想他也许是指环境而言。沉默了一阵。他有些突兀地说，他爱上了个有夫之妇。他看着我，几乎是想笑的样子，脸色惨然。那只细瘦的白手伸上来，抚摸他的脸，像是那女人的手。我想安慰几句，又觉得无谓。我听到隔壁有苏州弹词的尖细女声送了，沉闷得很。也像是下雨了。他在一口藤箱里取出个很大的镜框，屋子里很暗，我知道那是他与那个女人的合影。他把镜框放在我的膝盖上，很重地压着我的腿。我只能憋得闷了

拍2,0-0,588-813.5,1-2-40-280-28,档140，时间1.25 秒

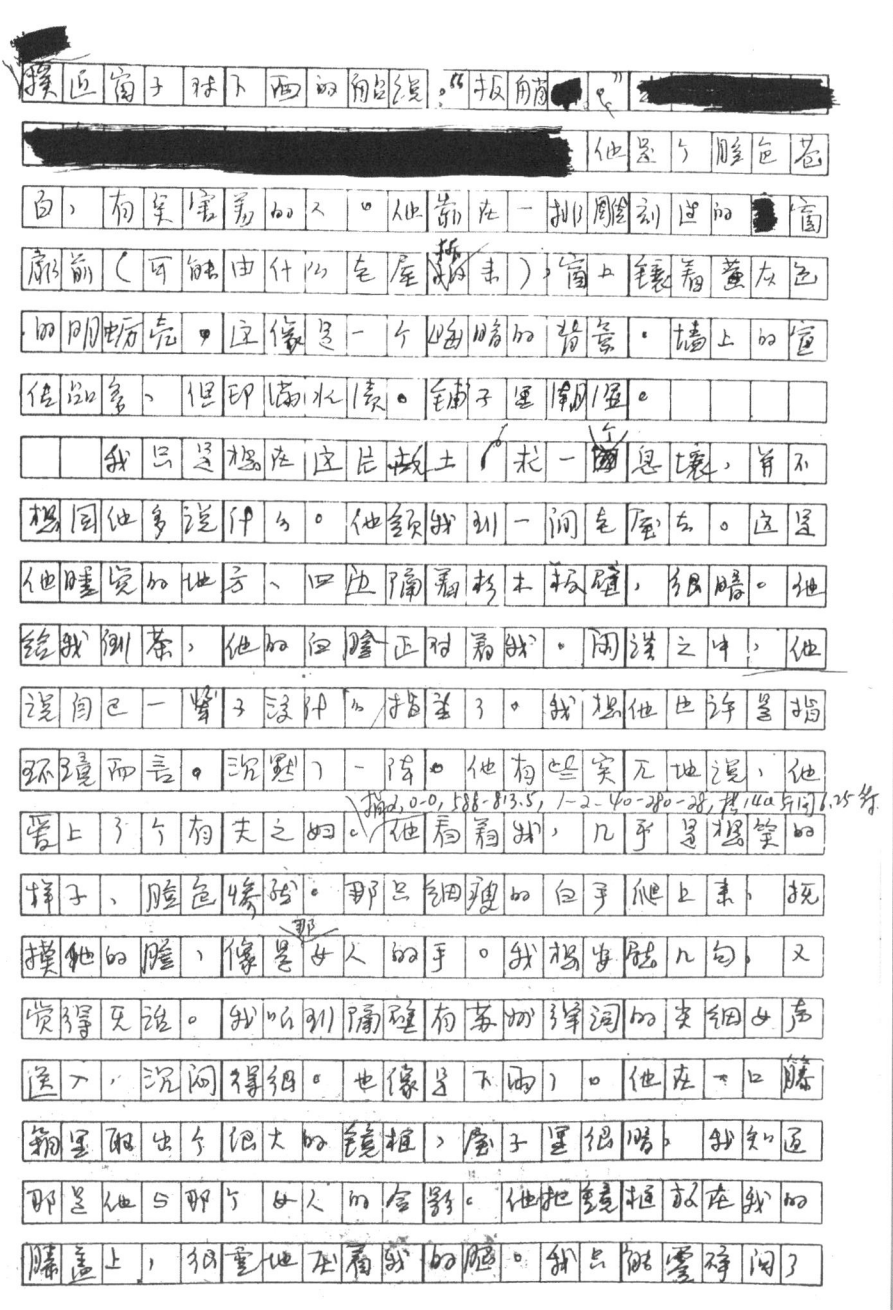

14级黑体·古多

这一夜七官睡得很熟，没有听到汽船的突突声，这种铁船很少开进三面环水的镇子，他们驻扎在三十里外的平浦。穿着黄色军衣的日本人在湖气中朝她喊叫，七官这时才慌张了。

黎明时，肉店老板——七官的寄爹——撩开帐子，老板手里拿着个夜壶。

"七官。"老板说。

七官睡得很熟。

老板挂住帐钩，碰碰七官的膀子，"七官。"老板说。

老板看着她。[redacted]东[redacted]是她藏住春生的了。"

……铁船狭长，激水如飞，比顺风的大三橹船要快得多，七官缩起双腿，她很想叫店里的伙计春生，她看不到春生。

她这时在凉枕上眯起眼睛，瞥见有个男人正凑近自己，手里提着红釉"春"字的夜壶。

[redacted]七官的腿松开了，[redacted]懒懒翻起身体，她庆幸没有喊伙计的名字。可真是怪。她想。

"七官。"老板拨拉着她的身体说。[redacted]老板腰上的钥匙串碰在床沿上响了一阵，头发里[redacted]有淡淡的桂花味。日子过得真快。后天就是地藏王菩萨生日了。老板把夜壶送过来时这样说[redacted]。

夜壶放在老板的房里，到了夜晚，老板才[redacted]拿到七官的房里来。老板不会知道七官在想什么。老板睡了一阵[redacted]想到了夜壶，[redacted]伸手在七官的床下摸，把夜壶提到床上，他[redacted]用了就递给七官。要是大冬天，它一定是冷飕飕的。七官想。会弄湿她的丝棉被褥的。她想。七官扭扭捏捏，很不情愿。但是她知道拗不过老板。七官往往就这样睡醒了。老板穿了衣服起床。[redacted]我走了。老板说。七官睁开眼望着帐子顶。她胡思乱想，忘不了床下的夜壶。[redacted]担心[redacted]被猫弄倒，或者[redacted]自己突然翻在地上。她躺不了多久就从床上起来，[redacted]想[redacted]把夜壶送回到老板的房间[redacted]。她走到隔壁，推开了门，心里就不高兴[redacted]。她没有料到伙计寿生也在，像是跟老板报账。慌忙之中，她[redacted]

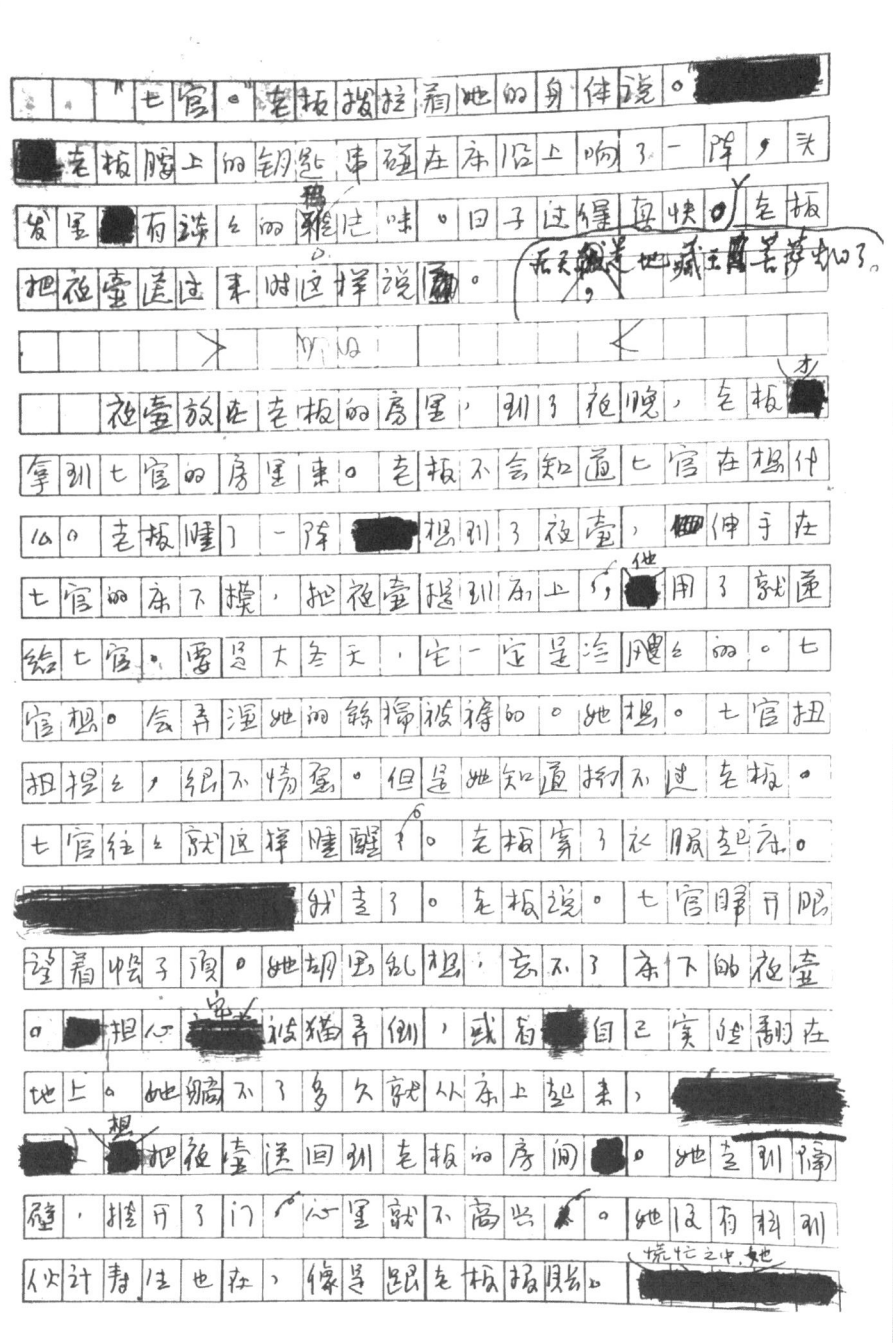

藏不了手里的东西[redacted]。[redacted]。她的脖子烫得很。春生朝七官看看，目光攫住了夜壶。她[redacted]垂下眼睑。[redacted]春生的神色这时有些心不在焉，像是被一个念头融化，熟视无睹的样子。[redacted]。老板背朝七官坐在榉木的椅子里，[redacted]拨着紫檀算盘。春生昂着头，老板说到米价和毛猪的行[redacted]市；老板催着送了一船店里的咸肉，给芳平浦的[redacted]。他对春生说，过几天再去一趟。七官的脸由红转白，像是被愚弄了似的。她感到没有人在注意自己。她在老板的床榻前站了一会儿，弯下腰肢，把夜壶塞在床脚旁边。

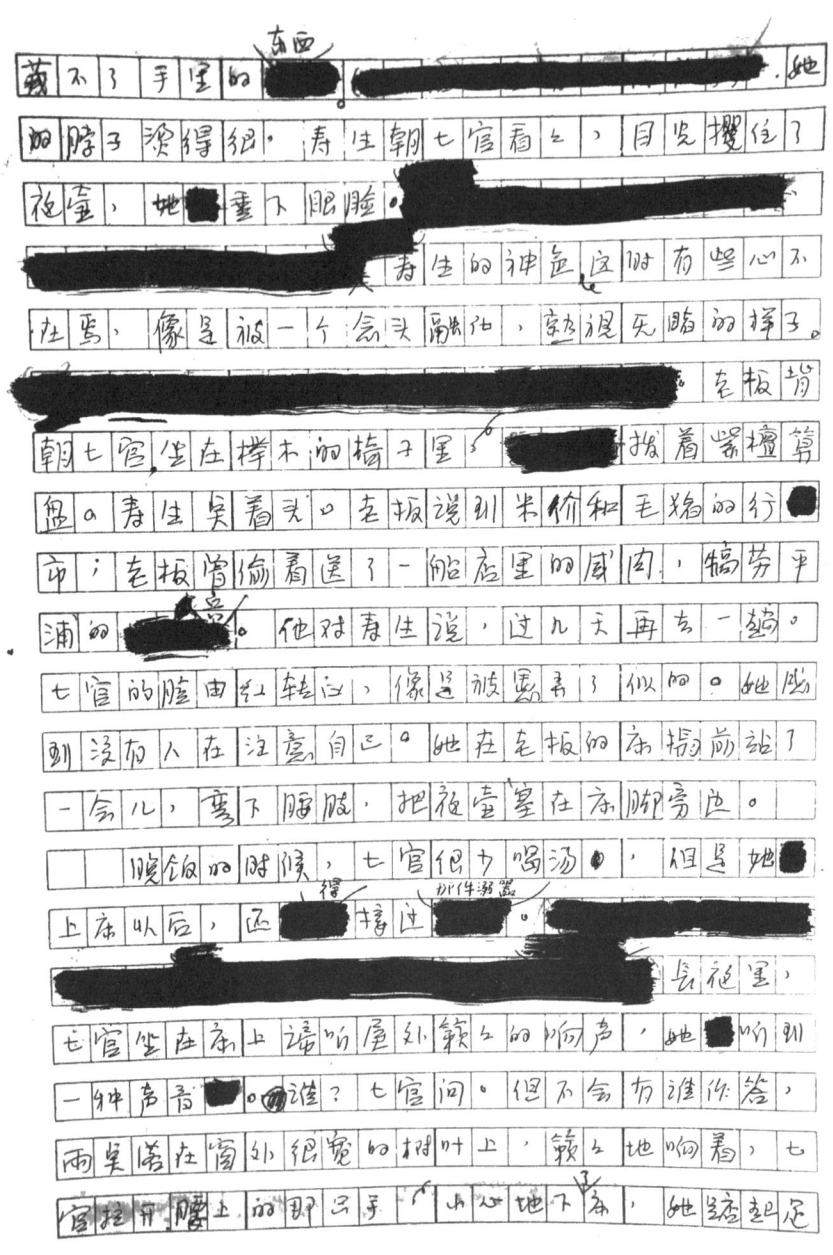

晚饭的时候，七官很少喝汤，但是她[redacted]上床以后，还得[redacted]接过那件溺器[redacted]。[redacted]长夜里，七官坐在床上谛听屋外簌簌的响声，她[redacted]听到一种声音[redacted]。谁？七官问。但不会有谁作答，雨点落在窗外很宽的树叶上，簌簌地响着，七官拉开膝上的那只手，小心地下了床，她站起来光影透后窗，天井里漆黑一片，树影婆娑，有夏雨的闲愁和仓房里的咸肉味。七官知道没有人。门扇和楼梯露出简单的灰色线条，柿子树上有些简单的灰色斑点。没有人。七官想。偶尔的，树中的青涩果子辞枝自落，掉在天井的方砖上嗒地作响。——你看到鬼了。老板说。——春生[redacted]不要女人[redacted]。他的胆子出了庵堂。老板说。老板从蚊帐里探出肩膀，[redacted]拧亮灯盏，看着七官的白脸和脚趾。这是树在作怪。老板安慰七官。那果子硬得很，猪也不吃。老板说。是不是把它摘掉呀？他说。

七官低眉顺眼，坐回到床前。

雨水落在柿树叶上，敲着镶了明瓦壳的窗扉。七官静听雨水流淌的声音，可以一直坐着。老板吹灭灯盏，叹一口气，把七官的赤身拉过来。

极远的天边，橹声若即若离，载着沉郁、逐渐变凉的星夜，离开了七官。

▷ 卯时 ◁

[redacted]

[redacted]

阴历七月二十八日清晨，一些乡下女人聚集在西水镇茶馆的桥墩边说话，等她们看清对岸的腌腊店开了门，看见门口的店伙计那张阴沉沉的面孔，她们跨过桥头，走入这幢散出咸肉味的房子。

伙计寿生让她们站在天井的一棵梧桐树下，等老板看人。

老板的养女七宝在楼上梳头，听到下面絮絮叨叨的说话，知道人来了不少，她趿起缎子面的绣花鞋凑到后窗去看。店里的女佣宝娣突然不见以后，七宝的心境不好，吃饭时，看到桌上的咸鱼和火腿生[redacted]就不想动筷子。天气闷热，白天难得有一阵风，躺在床上还没睁眼的时候，她已闻到楼下仓房里一阵阵的咸气，她忍不住打了个恶心。

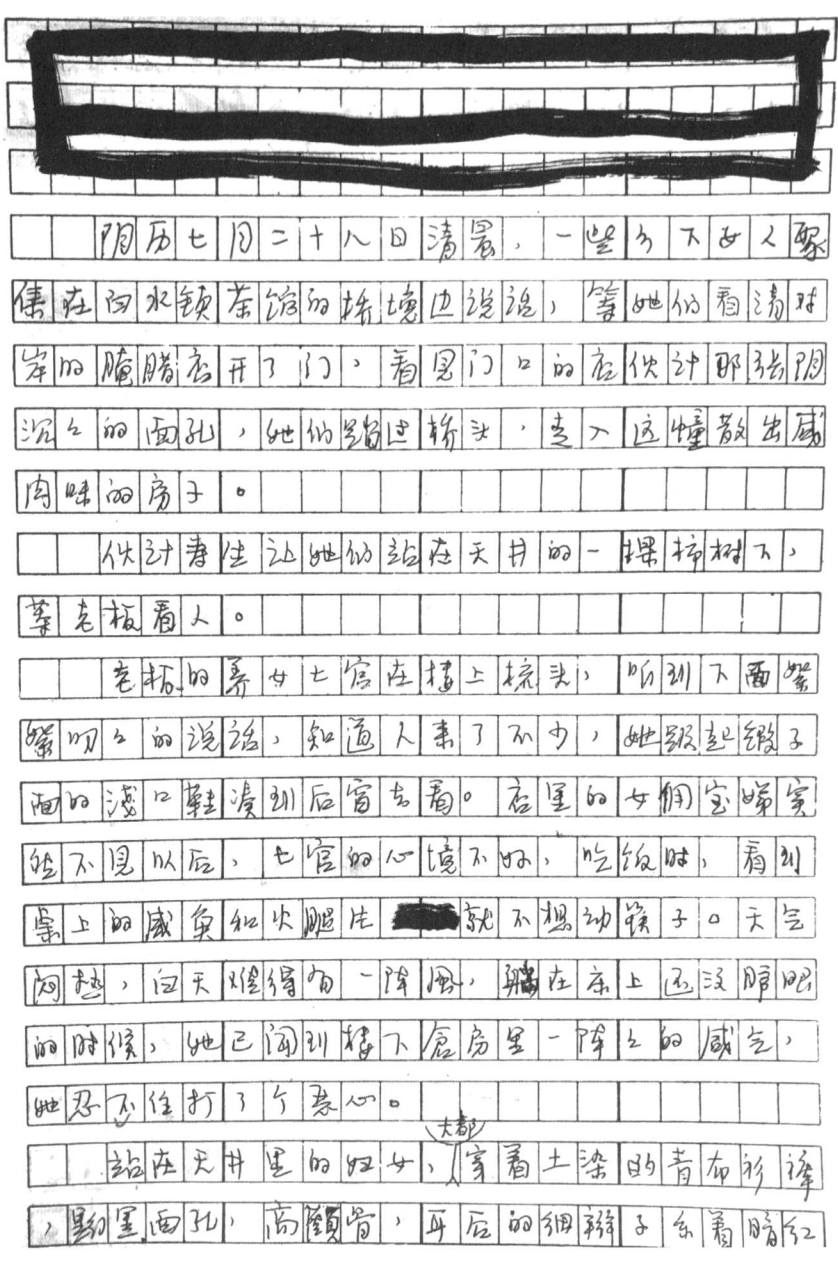

站在天井里的妇女，大都穿着土染的青布衫裤，黝黑面孔，高颧骨，耳后的细辫子系着暗红

的头绳。七官注意到[redacted]一个叫阿才的，倒有几分动人之处，圆脸盘，细细的眼睛，手里挎一只网篮。

老板离柿子树有段距离，[redacted]他对春生说，"就这几个吗？"

"找不到合适的了。"春生说，"现在养蚕里也只有几个老太婆，我昨天见她们在蚕场里剥蚕茧，揉得很慢，听说淹死过一个。"

老板不语。七官发现老板的眼睛朝阿才的身上溜，他顺着天井的台阶，绕到她们背后去看那些高高低低的肩膀或大腿。他的眼睛停留在阿才身上，犹豫了一阵，朝她的身后点了点。

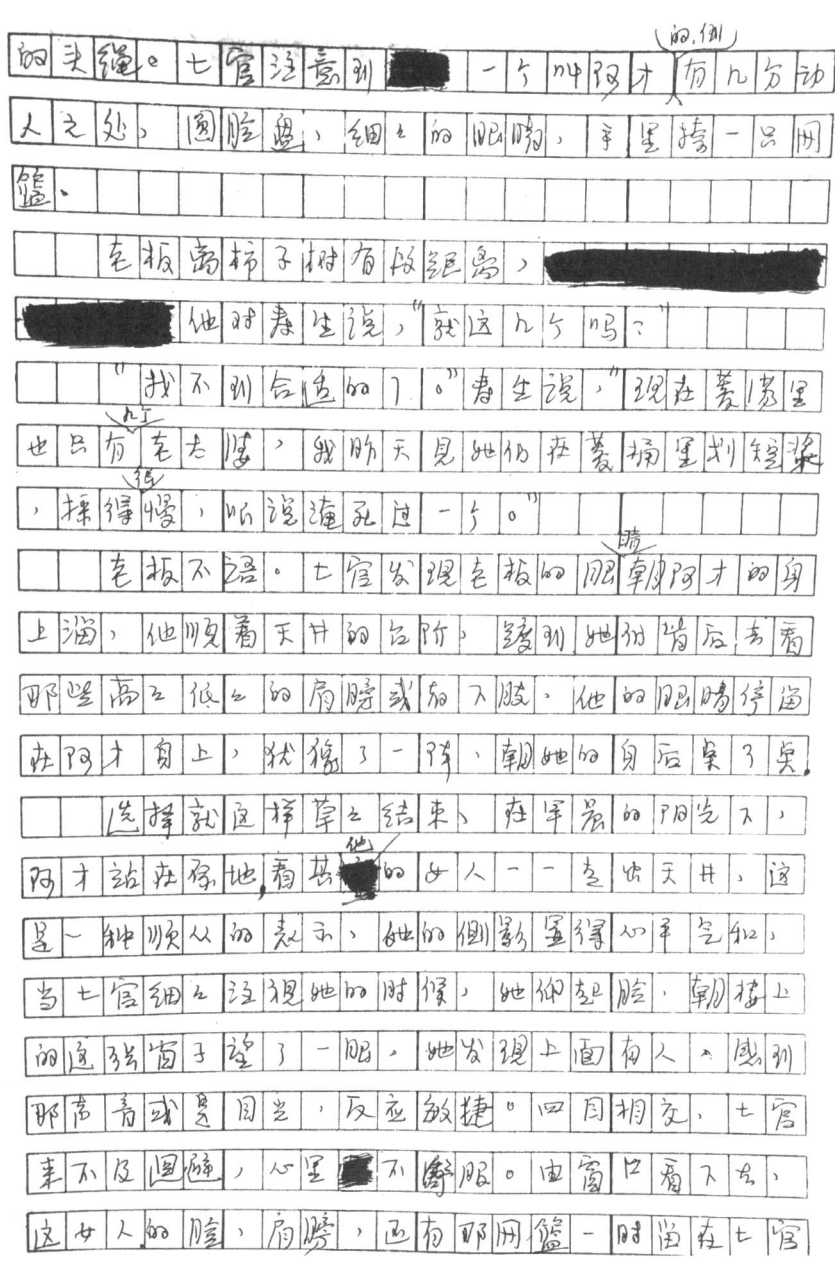

选择就这样草草结束，在早晨的阳光下，阿才站在原地，看其他[redacted]的女人一一走出天井，这是一种顺从的表示，她的侧影显得心平气和，当七官细细注视她的时候，她仰起脸，朝楼上的这张窗子望了一眼，她发现上面有人，感到那声音或是目光，反应敏捷。四目相交，七官来不及回避，心里[redacted]不舒服。由窗口看下去，这女人的脸，肩膀，还有那网篮一时留在七官的脑海里。[redacted]阿才的眼光很灵巧，眼仁斜斜地朝上看七官，又像是泥塑屋檐，或是风火墙上的柿树阴影。七官不喜欢这种眼光。

她是个灵巧坯子。七官想。

七官坐在镜子台前朝自己看，侧过身体照照，她很单薄，她照不出自己是什么样。她在脸颊上抹了些胭粉，很认真地看自己的脸，心里觉得沉甸甸的。老板在天井里说话，和一个陌生女人说话。七官想。从柿树的枝叶间，也传出那个女人细碎的话音。七官呆了一阵，宝娟走掉以后，她已忘记天井里会有这样的声音。七官的心头有些乱了。七官想下去看看这个阿才。她有几分姿色。七官想。

七官下楼，她走到天井前的台阶上，老板和春生朝她转过了脸。

"你看看她怎样？"老板说。

"她多大了？"七官说。

老板眼盯着阿才的脸，淡淡地对七官说，"早晨你怎么了？你睡得不好。"

"没什么。"七官说。

"[redacted]他们还没到镇上嘛。"老板说，"他们来闹说，也不找我的麻烦。"[redacted]

"我请郎中给你看么？"老板说。

"镇里会送女人给他们吗？"七官说。

"慌点啥？"老板瞪了春生和阿才一眼，"压低声音说："别管这种事。"

七官就不说了。

"明后天就是地藏王菩萨生日了。"老板说。

七官不说话。

春生一直在听，见两人不说了，转身吩咐阿才去洗衣裳。阿才放下田篮，端着木盆走出天井，朝河埠那边去。

风中有阿才身上的潮水气味。

"找到了人，还是不高兴。"老板说。

周大新·手稿

《湖光山色》（小说）

刊于《作品》2015年第11期

载宛城尚家吉利绸缎之三辆驿车，于三日午时抵站，修换车轴一、车轮一；替换辕马一；加马草三百斤、马料六十斤；换钉马掌两块。驿车四日寅时北去。随护官[redacted]言月内可抵长安。

汝阳马驿[redacted]汪临川记于显庆四年三月四日

——汝阳马驿志卷九十一

子时入库：

壹、南阳尚吉利所产之八丝霸王绸一百六十六匹。

贰、南阳尚吉利所产之孔雀罗一百一十七匹。

叁、南阳尚吉利所产之轻容纱一百零六匹。

肆、南阳尚吉利所产之销金彩缎八十四匹。

伍、南阳尚吉利所产之杯文绮五十八匹。

陆、南阳尚吉利所产之乌头绫三十三匹。

柒、南阳尚吉利所产之经锦二十八[redacted]匹。

捌、南阳尚吉利所产之缂丝“瑰瑰青荷”三十六匹。

开宝七年八月十六日记 库监任亚明

——东京宫后街三库进出实录卷十七

……应予襄助，南阳尚吉利大机房所出之绸缎，质优诱人，当令其再扩规模，以满足内外之需……

——明天启二年奏报汇编卷一七七

0

尚家的兴旺得益于一个上门女婿。

尚家的血脉在二十一代上可能出了点毛病，只收获一个瘦骨伶仃的儿子。老人们把传种接代的希望全寄托在这个挖几窝红薯就要大口喘气的儿子身上，便给他娶了一个像模像样的媳妇。媳妇一进门，爹娘就用各种话语暗示他要在夜间努力，争取广种多收使得尚家孙子成群。儿子自然明白肩负的重任，尽全力苦耕苦做，常常把一张小脸弄得煞白煞白，不想送子娘娘偏不帮忙，到最后也只是送他一个闺女。眼见得儿子儿媳都过了四十岁而孙子还踪影不见，当爹的就含了泪叹，看来老天是要让咱尚家绝户呀！叹罢又慌慌地去找阴阳先生，那阴阳先生绕着尚宅正走三圈倒走三圈又掐算了许久，方摇摇头叹息着说：尚族血脉中阳气走失，恐要另有一股气来填才行。听得糊里糊涂的老人更加绝望。儿子见老爹伤心，自然也有些难受，就把气全撒给媳妇，动不动就用瘦脚去踹媳妇的屁股，边踹边骂：你个偷懒耍滑的女人！那媳妇没能为尚家生出儿子，自知理亏，不敢回嘴，只暗自垂泪，男人把她踹急的时候，她就放了哭声说：你就是打死我也没有用呀，我们这已经不来红啦，还是赶紧给咱女儿找个上门女婿，让她来传你们尚家的香火吧！一句话提醒了[redacted]尚家父子。那时爷的这才[redacted]又记起阴阳先生的话，才明白了那话的含义，[redacted]于是赶紧开始了寻找上门女婿的行动。

[redacted]所幸这女儿长得还算周整[redacted]俊俏，尚家一[redacted]说出要找上门女婿的话，立刻就有穷人家[redacted]要派媒人登门。

小[redacted]木匠赵田景就是在这种[redacted]背景里走进了尚家那低矮的门楼和[redacted]厚厚的[redacted]族史[redacted]册页的。

改[redacted]为尚姓的赵田景没有[redacted]辜负尚家人的期望，他用他健壮的身子一连让尚家女儿生了四个儿子两个闺女。而且这还不是他的[redacted]全部贡献，他[redacted]更为重要的贡献是用他[redacted]一双木[redacted]匠的巧手改装了尚家原有的那架丝机。那架丝机[redacted]往日的用处，不过是供家里[redacted]女人们织些土布以为家人缝制些家常衣裳，可经走南[redacted]闯北见过世面的小木匠一改装，竟[redacted]可以织[redacted]绸缎了。尚田景最初改装那架丝机的目的，只是想让妻子在过年过节时[redacted]织[redacted]匹绸[redacted]缎给儿女们做身[redacted]鲜亮的衣裳——他家像不少人家一样每年都养些蚕且自己动手缫些丝。不想这[redacted]丝机改装得异常精[redacted]致且有织花装置，加上其妻织技好，织出的绸缎比附近村里的任何

2

一家[redacted]都漂亮。这消息很快为村人传开，[redacted]不久[redacted]就有人家拿上自己[redacted]缫的一些丝来求田景[redacted]妻子给织匹绸子，那位贤惠勤快的夫人立刻答应。绸子织好，求织的一[redacted]方[redacted]心里不过意，就拿来[redacted]一升芝麻或几升[redacted]荞谷作为[redacted]谢礼。这种替人织绸的事越来越频繁[redacted]，收到的谢礼也就[redacted]越来越多，尚家的家境竟也因此好转起来。机灵的田景从[redacted]这情景中看出了[redacted]彻底摆脱贫困的方法，就不再让妻子下田[redacted]干活和操持家务，专门在家为人织绸，并把每织一匹绸子的谢礼[redacted]定为几升小麦。田里活由他和孩子们做；家务[redacted]活另找[redacted]一名亲戚代劳[redacted]。如此一来，[redacted]妻子出活更多更快。尚家织的绸[redacted]缎越多，名声传得越开；名声[redacted]一大，来求织的人[redacted]中就渐渐有了富豪和官人，他们给[redacted]谢礼[redacted]时出手也更阔绰。如此十年下来，尚家竟成了[redacted]名播四方的富户，而且在附近的南阳城也[redacted]东街上买了[redacted]地皮盖了房子。又过了几年，便举家迁进府城去织绸缎，成了南阳府城中有名的绸缎织户。

田景为尚家的发达[redacted]出了大力，为了回报

3

他的贡献，尚家老人们破例地允许他的第四[redacted]个

儿子改姓赵，以延续[redacted]他们赵家的血脉。条件是让

这个儿子分开另过而且永不准学[redacted]织[redacted]绸缎……[redacted]

这是唐朝武德和贞观年间的事了。[redacted]

尚家的族志[redacted]上对上述故事[redacted]只[redacted]

留了两行字[redacted]：二十三代赵姓田景入赘作婿，改姓尚，

[redacted]族内更[redacted]人丁兴旺，且始开

丝织。

[redacted]

此后，尚家的丝织生意时盛时衰，但[redacted]很少中断过。

到了北宋开宝年间，族志上用朱笔标示的尚家已拥有相当规模

的丝织作坊，所出之八丝绸，因质量极好而被

中外绸商誉为"霸王绸"，其[redacted]大部分出货成了给皇

室的贡品，亦有一些售西域。据说那时常有西

域的马队和汴京的骑车来南阳尚家[redacted]驮绸拉

缎。尚家最盛时，拥有织机四[redacted]百四十七张[redacted]，[redacted]匠人千余名。

[redacted]

岁月更替，时光[redacted]飞转，[redacted]转眼之间

到了光绪二十六[redacted]年，也就是公元一九〇〇年[redacted]，到了我们故事开始的这个早晨

——

4

1

头遍鸡叫刚刚响起，[redacted]笼里的几[redacted]只红冠公鸡才叫了两[redacted]声，尚发世就推开怀里的女人，咳了一声预备起身了。

"今早[redacted]你多睡一会儿吧，夜里你用力翻[redacted]腾[redacted]不是出了几[redacted]身大汗?!"女人的胸脯又贴过来，心[redacted]疼地拦他。

尚发世的脸在黑暗中红了一下。是呀，是有些[redacted]见老了，如今在女人身上忙一回就会出[redacted]几身汗，早先可不是这样[redacted]的。人说老了就老了？他有些烦躁地去推女人的身子，[redacted]手碰到一只依然壮硕[redacted]的奶子，就在上边不高兴地[redacted]拧了一下，尔后很快地下床穿起了衣裳。[redacted]

做为尚家的主人和尚吉利大机房的掌柜，他不敢[redacted]让自己去睡懒觉，主人懒起来，下边的人不就懒开了？那祖传的丝绸业还能发达下去？

他在最初的晨光里巡视[redacted]着[redacted]院子。这是他多年来养成的习惯，早晨起来把全院看一遍。见一切都如前[redacted]晚睡下去的模样，这才放下心。[redacted]

5

尚家这座位于南阳城西门附近迎宾街中街的[redacted]院子，传到尚安世手上，虽然几经改建[redacted]且显出了破旧，但格局还没有大变[redacted]：临街西南是大门，大门两侧各两间店房，东边的两间店房收丝，是丝房；西边的两间卖绸缎，有零售、批发绸货的柜台。进了大门是前院，前院两边各两间厢房，这四间厢房便是机房，织机就放在这几间房里。前院有三间住人的正屋，从正屋的西侧，可以走进后院。后院有两间染房和两间库房，再就是一个不大的桑园。他巡查[redacted]一遍儿[redacted]一切如常，方[redacted]嘘一口气，转到前院[redacted]里把手[redacted]在院中间立着的一块石头上放了一瞬，见上边并无小水珠，确信今天是一个晾丝[redacted]和整理丝的好天气，这才高兴地到茅房里去[redacted]哗哗地撒完[redacted]起床后的第一泡尿。

尚家[redacted]院子[redacted]的这种格局，在中原城镇里[redacted]颇为常见[redacted]，有钱的人家大部是这样盖的。尚家的院子如果说有什么奇处的话，便是竖[redacted]立在前院[redacted]中间尚安世刚[redacted]才用手摸的那块石头。那块石头的形状很不规则，

6

多边多面，上尖下大，露出地面的部分有四五尺的样子。土下的部分很深，有一年尚发世嫌它碍事想把它搬掉，挖下去近一丈还未见到它的底部，只好作罢。这石头露出地面的部分，每个平面上都刻着一个五道横竖线相交的图案：

[redacted]

图案周围没有任何字迹。

谁刻的这图案，为什么刻这图案，这图案的含义为何？为啥要在院中竖这块刻有图案的石头？先辈人没传下来，族志上也没有记载，尚发世自然也不清楚。他曾请住在邻院的南阳书院督学卓远来看过，卓远在经过仔细的观察分析之后也只得出三条结论：石头是从别处移来的；石质为花岗岩；图案的镌刻年代在汉唐[redacted]之间。

此[redacted]外得不出更多的解释。

对那图案的含义，卓远也曾猜测说它可能和医家在门前画个“十”一样，是从事纺织人家的标志，但不久他就又摇头否定了自己的这个猜测，因为这近府县其他从事纺织的人家都没有在院里竖这[redacted]样东西。

7

对这块古怪[redacted]石头的来历，世景街上也有[redacted]一种说法。

[redacted]说是[redacted]许多年前的一个[redacted]春天，南阳地面[redacted]因为连年遭灾而讨饭佬成群。[redacted]春寒料峭的一个早晨，[redacted]尚家人用自[redacted]家不多[redacted]的一点余粮蒸了三个窝头，正预备吃时，一位衣不遮体[redacted]瘦骨嶙峋的[redacted]老汉走进了尚家院门，手中拿着一块小小的石块[redacted]对尚家的男主人说：我要用这块石头换你两个窝头，你换了绝不会后悔！[redacted]尚家的男主人苦笑笑，要一块小石头有何用处？眼下是果腹要紧！[redacted]他估摸这老人是饿急了才想出这个让人[redacted]哭笑不得[redacted]的主意，可[redacted]他又不忍心让老人失望，就在心中叹道：罢了，[redacted]权[redacted]当我施[redacted]舍给[redacted]你做了一件[redacted]善事。[redacted]叹罢，就把那天早晨[redacted]蒸出的三个窝头中的两个给了那老人。那老人接过窝头之后[redacted]边吃边把手中的小石[redacted]块递到了尚家男主人手上，尚家[redacted]男主人[redacted]笑笑[redacted]送他出门，[redacted]待老人刚迈出门槛，他就顺手把那小石块[redacted]朝院中一扔，说道：要它有何用？[redacted]没想到[redacted]第二天[redacted]起床后，他猛然发现自己[redacted]昨天扔掉的那个小石块一下子变成了[redacted]一个大石头竖立在院中，而且石头的每个平面上都刻有一个图案：[redacted]……

8

[redacted]尚家人对这种无稽争议的说法只是笑笑而已。

不管这块石头的来历是什么，不管这石头上刻的图案是什么含义，它立在前院确还有点好处：一可以让人依着歇息；二可以用它预知天气——尚安世有一年偶然发现，这块石头只要在早晨沁出些细小水珠，当天就肯定是阴雨天气。

9

荆歌·手稿

《累美轩的四季》（散文）

刊于《作品》2014年第5期

頂層，因也我如一冬，雪也長了翅膀向四出，一片片雪雪地飛來，她們漫天地飛來，停歇在我的屋頂上，一層層疊起，越來越重。我聽到我的房子在嘎嘎作響，我估計，要不了多久，屋頂就要坍塌了。危言聳聽，危言聳聽了，我既是開玩笑，也是自嘲。那個冬天，雪灑到了露臺中央，儀態萬方，成為主角，成為生活中繞不開的一件事，給久違了雪的江南的人們，來了一點震撼。而我們的房子，真是好樣的，她經受住了大雪的考驗，雪壓垮了樓下的車。雪封鎖了道路，但她沒有將我的生活動搖，反而給我寫

寒冬我們の季

[illegible]

那一年的雪真大啊！從北窗口望出去，所有的地方都是白的。平日因為停放密密車輛而顯得狹小的道路，一下子寬廣起來了。所有的車都被厚厚的雪覆蓋了。雪抹去了一切，雪又鋪滿道路。雪又修改世界。屋檐掛下來一串串長長的冰凌，一根一根排列着，或長或短，彷彿是魔怪獸咧着狰獰的牙齒。這種景像，似乎小時候都讀過看到過。那一年的雪[illegible]太大了，大到淹沒樓心。不會把房子壓壞

我住在樓房的

罩上，寂寞的側面，靜默著的茶壺，看罷罩著一層淡淡的綠光，這樣閒閑而生機勃勃的風景，似乎異於的高而叢樓這個房子的樓裡，沒有任何感情，看不到人家的陽臺，更沒有從人家窗裡冒出的油煙污染百里，綠色泛濫，如行雲如流水，空氣是香的，草木的芬芳。

短暫的春天，我總覺我們的窗子外，是上演了一齣生動的愛情，是熾熱燃燒的，淋漓盡致，圍繞著那些巍巨大的玻璃窗，带来了晶亮的白，带来了清洁高贵的风景和幻像，每当冬季来临，所有的树，那些高大的水杉，那些椰树，香樟，广玉兰，以及一丛丛竹子，都把枝叶伸展开来，绿色，如滴在宣纸上的水墨，毫无节制地洇化，惟和那座巴洛克风格的建筑原本是可以尽收眼底的，现在却突然间被遮盖起来，藏在大片绿色中摇曳，我[illegible]外开阔的大窗户，满是绿色，甚至屋子里，那绿進行狂歡，她們要在短暫的時間內，將自己盡情開放，把自己燃燒，燒成灰燼。燃在風中的葉子間，自己開在沒有一張葉子的樹上，綻放開來，她們開放開放，全然不顧是否會將自己的精血耗盡。我站在窗口眺望她們，覺得事實上是一場悲壯的舞啊！是一場肆無忌憚的交合，是一季芽尖銳的頂端，是轉瞬即逝的大潮，是捨身赴死的開放和給予，是嘹亮的高亢。秋天的深沉則是沒有喧嘩的，除了鐘聲偶然響起草坪｜在那件草坪上，每到週末，或一些節日，都會舉行草坪婚禮，在這樣的地方舉行婚禮，山明水秀，確實可以算浪漫的，即使如此音樂太過吵了，即使走調跑腔唱詞甚至很俗，但浪漫的情調，是任何人都能感覺到的。自然界的愛情浪漫則成片的西番去和白色的南貴櫻，由於當時天種大樹的葉子尚未長出，就是椰樹，也祇是剛吐出一些嫩芽，看上去彷彿一籠青黃的煙，所以圍繞著大草坪，西番去像是在窗子外的風，吹你該仍顯然一些兒覺到秋的乾燥晴清潔。天空比任何季節高爽遼闊呢。顏色也好藍了。可感謝雲。在地球的表面，在我們的天空上，竟然會出現一種名為雲的東西，這是怎樣的一個奇蹟啊！還有甚麼是像，能比天空的流雲更好看了？在秋季，我透過我的大窗子，總是不厭其煩地看雲，看她浮在空中，如靜臥的睡蓮，看她轟轟烈烈地走過，彷彿大浪，又似的犬吠，所有的聲響，都彷彿是被無聽和屏蔽了。安靜得令人清醒，讓閱讀都因此變得清晰明亮。甚至，一些原本枯燥乏味的文字，也不顯得那麼的可厭了。腦海裡一些不愉快，甚至慘痛的過往，也變得有了一些詩意，那些回憶裡的面孔，不再落寞，也不再愁苦，一而一概有了親切溫暖的意味。所有的思致和回憶，都變得遙遠和悠長。

棲在窗前水杉最多了要的，常常是喜鵲，野鴿子咕咕的叫聲，也會從遠方傳來，成群結隊的鴿子，總是在廣闊的天空上盤旋，牠們呼唯地掠過，有兩隻會偶然停歇到我的窗臺上，牠們優雅地將眼珠轉動，目光明亮。然而對於我提供的米粒，卻從不領受。所有的鳥都不願享用我提供的食物，牠們只是在窗外飛來飛去，像風一樣飄舞蹈，畫出一道道純粹的浪漫。

淡淡青煙，天空的舞臺全透無際，白雲恣肆灑脫，無拘無束，牠們忽濃或淡，或小巧或龐大，從容懸浮、悄然移動，從這一頭到那一頭，牠們的變化既在情理之中，又常常出人意料，甚豐富，今秋天更豐富。牠們的妖嬈，讓秋天亦妖嬈，是讀不解，讀不厭，也是讀不完的，雲有無限的創造力，有無盡的能量。

一年四季，在窗外陪我為伴的，還有多種各樣的鳥。

胡学文·手稿

《奔跑的月光》（小说）

刊于《作品》2017年第7期

第 1 页

奔跑的月光

胡学文

1

回到村庄时，日头正往另一个地界缩。余晖被树梢摇落，如受伤的蝴蝶，虽竭尽飞舞，终是跌散在寒风中。几天前下了一场雪，路中间的地方已经变得瓷实，光滑，但踩上去，仍怕疼似的咯咯吱吱叫。那个跟在宋河后面的人忽然挥舞胳膊，像是驱赶什么，呼叫着猛往前冲。宋河正要提醒，他已仰面摔倒，一动不动，像一条冻僵的鱼。宋河急走几步，俯下身。鼓凸的眼球卡住了似的，脏污的脸上却沾着笑。宋河生气了，猛地抬起脚。踢到他时，却又放缓了，只是碰了碰。你个傻子，吓我一跳！

宋河走了没几步，那个人便追上来。他不说话，宋河更不想理他。两人穿过前街、后街，往村庄的西北角走。没碰见一个人，撞见的两个活物，一个是吴老三的狗，一个是流浪猫。

门敞着，白花花的气往外卷，宋河抽了抽鼻子，黄花蒸的是他爱吃的酸菜包子。那个人学宋河皱皱鼻子，不同的是，他还咧开了嘴。那样的大，像一个洞。

那个人突然抢到宋河面前，宋河没防住，想拽时，那个人的一只脚已迈进门槛。黄花正将屉子拎出锅，那个人几乎撞到她身上。她呀了一声，两手松脱，屉子斜跌进锅里。那个人并不看黄花，他弯了腰，两手伸进锅里，迅速抓起两个包子。他被烫了，手抖了抖，包子掉到地上。黄花还未反应过来，他已蹲下去，再次抓起那两个烙上黑手印的包子，左咬一口，又咬一口。他的上下巴几乎变形，脖子被烫的缘故，蛇一样扭动。宋河冲进来，那个人的手已经空了。宋河抱住他，但他一甩就把宋河甩开了。宋河再次抓他，另两个包子已到了他手上。宋河和他争夺，被他拖得团团转。黄花目瞪口呆，直到宋河叫了一声，她方醒悟。两个人奋力撕拽，终将他摁到灶坑。他背对着他们，头埋进墙角，将包子彻底塞进洞，方转过脸。黄花操起擀面杖，她的手却止不住地抖。那个人没了刚才的疯样，鼓凸的眼珠趴着横一条竖一条的恐惧。

宋河夺过擀面杖，冲他晃了晃，老实点儿，不然，我把你的牙敲下来。那个人紧紧地护住

第 4 页

嘴。他的手又大又黑，像破损的扇子。宋河瞪着他，会烫坏的，烫坏你就不能吃东西了，凉凉才能吃，懂了吗？那个人不说话，恐惧尚在，已经丝丝缕缕的。

黄花问宋河怎么回事，宋河叹口气，说先把包子捡出来吧。包子有一小半没到水里，泡胀了，黄花借着勺子方捞上来。那个人窝在灶坑，悄无声息。黄花盯着宋河，宋河看着包子。黄花跺了跺脚，你倒是说话呀，咋不明不白地领个疯子回来？你也疯了？宋河说，他是个傻子，但不疯。黄花说，傻也罢，疯也罢，不该往家里领呀。宋河辩解，不是我领他，是他跟着我不放。黄花责备，你四十大几的人了，连个傻子也对付不了？宋河拣起几个没浸水的包子，放进搪瓷盘，端给那个人。那个人看了看

第 5 页

宋河，又看了看包子，有些胆怯地伸出手。宋河瞄了黄花一眼，看见了吧，他不痴，他是饿坏了。

宋河讲完，两人不约而同把目光甩过去。搪瓷盘已经空了。他怕他们瞧似的，把豁边灰暗的盘子扣在脸上，然后往侧面移了移，露出一只眼。那个眼球显得更大了。黄花往宋河身边缩，宋河轻轻拍了她一下。盘子移向相反的方向，另一只眼突出来。宋河上前一步，伸出手，那个人乖乖地把盘子交给宋河。没了遮掩，那个人似乎有一点儿羞怯，两条手臂交叉抱在胸前，脑袋往后缩着，突又仰起，冲黄花叫了声娘。

黄花惊叫，天神咧，叫我娘。那个人看上去比宋河老多了。他又叫了声娘，脸上竟有几

第 6 页

分欢喜。

黄花气乎乎的，不准你叫，听见没？我不是你娘。我有那么老吗，你叫我娘？！见宋河咧笑，她狠狠瞪了他一眼，他吃饱了，快把他打发走。宋河说冷冻寒天的，他非冻死不可，那咱就成了杀人凶手。黄花拧着眉问，咋？你还想让他住下？宋河说，反正就一夜，明早我就把他送到镇上，都叫你娘了，不得白叫呀。黄花拧了宋河一把，宋河边躲边笑，别，别，他吃饱了，我肚子还空着呢。

那一夜，那个人就缩在灶坑。黄花不让那个人睡炕，她害怕。那个人身板壮实，万一起了歹念，她和宋河怕不是对手。你不怕吃亏，就让他睡炕，黄花有些威胁的意思了。宋河说着不会吧，心里也敲起了鼓。那个人若抢包了一样和他抢女人，他真招架不住。灶炕就灶炕，总比冻死强。宋河找出寒气打不透的白茬皮袄。没人再穿这个了，都穿轻薄的羽绒服，宋河也是，但他没舍得丢。白茬皮袄是父亲留下的唯一一件东西。那个人老老实实的，宋河让他闭眼，他当下就合上了。

风管是个傻子，风管睡在灶炕，可毕竟是个大活人，两人的声音小了许多。不是怕吵了他，也不是怕他听了去。不是怕什么，又终究有些担心。声音压低，便带出几分诡秘。他们说的不是那个人，说的是正事。宋河挺怕女人问，但他不得不过女人这一关。黄花不凶不泼，有时嘴上咋呼一些，可跟他一样，是老实人。她其实能从他眼里看到结果的，但她还是要问。他每次说的时候都很难受，说了反会轻松一些，

第 8 页

但即使如此，他也不愿意一遍又一遍说。一个人难受总比两个人难受强，可不说呢，还会有另一种难受。

但，那是已往。那个人的出现把这一切搅乱了。黄花没从宋河的表情里读到什么，自然要问，她觉得宋河会说出与以往不同的话。他那么老远领个傻子回来，心情肯定不错么。可是，宋河说的话与往常一模一样，黄花便急了。过去她只在心里急，因为那不是宋河的错。那个决定是他们共同决定的，她占的成分更大一些。而今天，她有资格急。宋河什么事也没办成，却领了个不相干的人回来，她能不急么？

宋河安慰她，躲得了初一，躲不了十五，他再不露面，就住他家里。黄花说，那又怎样？你不是说他的家乡穷得要命么？你能找见他别的家么？你待同时住他几个家里？宋河也火了，你要我怎么办？就是要命也得找见他吧？宋河说狠话，黄花便不言语了。可是，她觉得难受。外屋躺了个人，她不能哭出来，可憋了又憋，还是没憋住，先是抽泣，很快便成了号啕。宋河没制止住，索性由着她。宋河待黄花的声音弱下去，把毛巾丢给她，她问了一句，不会惊着他吧？宋河说，瞧瞧你，不就几万块钱么？咱再挣。黄花没好声调，拿走钱，你还一趟趟跑个甚？宋河便勾了头。黄花声音重，心却没那么憋了。她早想哭的，又怕给宋河添堵。这个不相干的人，似乎让她有了借口，无所顾忌了。不憋的黄花便有些气短，问，不会吓着他吧？宋河和黄花对视一眼，跳下地，那个人仍在灶坑窝着，不知睡着了，还是仅仅闭着眼。

第 10 页

两人仰躺着，像晒干的鱼。十五瓦的灯泡上沾着灰尘和苍蝇屎，光线散发地昏暗。儿子没出事的时候，黄花极为勤快，每一季都要拧下灯泡擦拭。半晌，宋汉说睡吧，黄花也说睡吧。宋汉拉了拉灯线，黑暗顿时挤满了屋子。很快，宋汉又爬起来。黄花问干啥，宋汉说我忘了插没插门。里外屋没插销，宋汉看的是外屋门。他没开灯，光着脚摸到外屋。重新躺下时，说了一句，他若半夜跑出去，肯定会被冻死的。

2

宋汉领着那个人出村时，别人家的炊烟方东一缕西一缕地冒出来。那个人一夜没动静，宋汉拍他他方睁开眼。他的头发又密又长，额前的部分显然铰过，能看出是齐茬。黄花热了

第 11 页

昨日的包子，那个人又是一顿海吃，挺规矩的，没再抢夺，可吃得速度不是一般的快。宋汉招呼他，他就跟在宋汉身后。

残雪·手稿

《与人为邻》（小说）

刊于《作品》2014 年第 12 期

我是一只中年雄喜鹊，我住在这个城市里。靠近城郊的小学旁边有几棵高大的柳树，我的家就安在其中一棵上面。从前我的父母，兄弟姐妹，还有我父母的父母都住在这里，现在他们都失踪了。

我说说我的巢吧。我的巢是值得骄傲的，结实美观对称，实用稳固，门洞开得十分巧妙。巢的内部特别舒适，外面一层由泥巴草根垒成，里面一层垫的是绒毛羽毛。这黑暗的温柔之乡曾带给我们一家人很多欢乐。想当初，我和我妻子齐心协力，费了多少心血才搭成这个不同凡响的巢啊！那是一根很惹眼的柳木条，我看中了它，用它来做横梁再没比它好的了。当然它很重，我仗着年轻气血旺，一下就衔起了它。可我还没飞到半空那顽童就跑过来了，他用一根上端有铁钩的竹竿来扑我，重重地打在我的背上，我的嘴一松，那根木条就掉下去了。我至今想不明白：他要那木条干什么？而且他捡到它后就将它折断了，还将折断的两截狠狠地戳在泥土里。那一回我受了伤，搭巢的事停止了十天。十天里头，我的妻子总在唠叨：“不要惹那些人，不要惹那些人……”我真羞愧。后来我就不敢在小学附近找材料了。我到小山包那边去，将木料搬运过来。路程太远，有时一根木料要花一天时间。搬运一段歇一歇。我很佩服我妻子，她总能在附近的居民房周围找到合适的材料，她的工作效率比我还高。最重要的是，她从不惹怒那些人，我不知道她是怎么做到这一点的。

我们终于赶在冬天到来之前垒好了巢。那时这些杨树上一片繁忙景象，搭起了二十一个喜鹊巢，如同杨树们生出的小宝宝一样。我都一一参观过，经过对比，我认为我和妻子搭出的这个巢是最威武，设计最巧妙的。而且舒适度也比他们的高。也许，我们的遗传素质不同，具有某种天赋？妻子可从不这样认为。不知为什么，虽然我们的巢固若金汤，我却总是忐忑不安，担心会被人用猎枪射击。夜间蹲在里面时，我又担心某个小学生神不知鬼不觉地爬上树，用一种工具捣毁我们的巢。担心总是免不了的，这是那次受伤的后遗症。不过还好，日子过得平静而有内容。

我再说说小花园吧。学校后面有一个没人管理的小花园，里面野花疯长，映山红啦，指甲花啦，美人蕉啦，野菊花啦，栀子花啦，品种不少。那里的土壤肥沃，还有一个废弃的小水塘，落满了枯叶。小花园是我们觅食的场所，可以说它养活了我们。我们经常到这里来开会，一边觅食一边讨论，吵得不亦乐乎。喜鹊的声音是很难听的，但这单调的语言里其实充满了温暖，要你有心才听得出。

有一位清瘦的妇人，经常来水塘边的石凳上坐，望着水塘发呆。我观察她好长时间了。这个水塘和她是什么关系？是她儿女掉在里头淹死了？还是她想投水自尽？我总感到她的目光很阴森。但是我的妻子却不这么认为，她说这位妇人知识渊博，情感丰富。我妻子的感觉总是很准确的。有一回我们正在映山红底下找虫子，一抬头看见那妇人晕过去了，倒在石凳下。当时正好我妻子和我的邻居们都不在，我急坏了。我跳到她身上声嘶力竭地大叫，叫了又叫。后来她终于慢慢地苏醒过来。她醒来后的第一个动作就是一把抓住我。天哪，我还从来没有被人抓住过呢。我一动也不动，心里像大河一样沸腾。她慢慢站了起来，走了两步，又跪了下去，她正好跪在水塘边，那塘里的水满满的，都快溢出来了。她要干什么？她的手掌多么热啊！忽然她做出了一个动作，我很快就要失去知觉了。她将我按到水里，不知过了多久，又将我扔在野花丛中，自己走掉了。我记得我在水中时，竟然感到有点幸福呢。我浑身湿透了，风一吹，冷得发抖。这时我才明白过来我没有死，还好好地活着，我先前找到的那几条虫子还在旁边。我要将它们叼回窝里去，妻子这时还在窝里孵蛋呢。我马上恢复了气力，我张开翅膀，让风将翅膀上的水吹干。我对自己大叫一声：“太好了！”

我回到窝里，妻子静静地听我讲述，眼里闪出激动的光。后来她迷惑地对我说：“人的心思是猜不透的，是吗？”我完全同意她的意见，我也猜不透当时发生的到底是一件什么样的事。后来我又遇见过那妇人一次，我忍不住要去靠近她，但她再也不理睬我了。

我还想说另说我们喜鹊家族是如何样渐渐消失的事。那时是多么热闹啊！一大早，到处是我们的叫声。我们的语言在人们当中的反映并不好，太单调，太刺耳，太嚣张，只要在同胞数量太多的地方，人们总是怒目而视。我们太沉浸于自己的情绪了，人们有这些反应也是可以理解的。说实话，我也不喜欢我们自己吵得太厉害，可我们只要一聚在一起，没有谁控制得住自己，所有同胞全发出“嘎嚓嘎嚓”的声音，实在不好听。我们怎么会形成这样一种语言呢？我时常想这个问题，但百思不得其解。小时我也问过父亲这个问题，父亲一瞪眼叫我闭嘴，愤怒地说：“你这个不孝的家伙，你还嫌你的娘丑啊？？”后来我就不敢问任何人了。

小花园里，附近教室的屋顶上，操坪里，到处都是我们的身影。我们是性情开朗的鸟类。为什么不叫？天气这么好，虫子有得吃，家族不断添丁，娱乐场所到处都是，游戏花样翻新——种种情况给了我们叫和吵的理由。那些用竹扫帚来追逐我们的小孩，反倒成了我们游戏的工具。我们勾引着他们，让他们拿着扫帚扑过来扑过去，脸蛋红扑扑，懊恼不已。那真是我们的黄金时代，太阳时代！

校工是五十多岁的妇女，长着一张似笑非笑的黄脸，眼睛特别小。她很喜欢观看我们当中一些同胞与小孩之间的追逐游戏。她举起她长长的手臂，用力拍在她的两边大腿上，喜不自禁的样子。我有点厌恶她的作派。她居然没有别的事好做，专门花这么多时间来观看我们，我老感到这里面有些蹊跷。但她对我们很和善。

她用一把锄头将灌木丛那边的土挖开，翻出虫子来吸引同胞们。

后来我观察到了，就是因为这名校工，我们的同胞开始失踪了。谁也不知道他们是如何失踪的，没有任何同胞看到捕杀的现场，阴谋却悄悄地进行着。但我们（除了我和妻子）都对校工的评价非常高。那种评价也令我想起当初妻子对于水塘边的清瘦的妇人的评价。难道接近喜鹊家族的人们都是有杀生癖好的人们？我父亲说她"洞悉自然界的高深秘密"。她在父亲眼里相当于一位不可抗拒的神。所以父亲很早就做了牺牲。

那天早上父亲和我一起去操场时，心情非常舒畅。刚下过小雨，泥土很湿润，我们远远地看见校工在那边挖。我有点感动，觉得她真是同我们贴心。我们飞到那边地里，看见校工将她的桔红色的工作帽脱下来，举到半空，然后伸了一个懒腰。她用眼角看见了我们，显出嘲笑的表情。但那只有一瞬间，然后她就板起了脸。我警惕地同她离远一些，一边找虫子一边偷看她。这个人，身上热气腾腾，我真想跑过去在她屁股上啄几下！但是父亲对她一点都不警惕，紧紧地跟在她身后，就像是她的宠物一样。操场另一边有小孩在叫喊，好像发生战斗了，几个孩子倒在地上，另外一群人还在打。我是不喜欢看血腥场面的，我将屁股对着小孩们的那一边。

后来我吃得太饱了就发困了。我躲在灌木底下睡了一觉——很短的一觉。我醒来时，父亲已经不在那里了，校工也不在了，只有那顶桔红色的帽子放在灌木上。我以为父亲回家了，就也飞回去了。父亲却再也没回家。

奇怪的是妈妈知道父亲是在校工身边失踪的，不知为什么她认为父亲是"独享清福"去了，她有些气恨，可一点都不悲伤。我无意中向妈妈提到那顶桔色的工作帽，没想到妈妈激动地叫了起来：

"啊，就是那种帽子！啊，就是那种帽子！啊……"

她"嘎嚓嘎嚓"地没完没了，总是那一句毫无意义的话。我只好心烦意乱地离开了她。

后来我同妻子诉说时，妻子的回答也是不着边际。这时我才第一次感到了孤独。

不过妻子有一句话令我惶惑，她说：

"你要多关照你妈妈。"

我觉得她话中有话，就多留了个心眼。

第二天我又去了小学。校工仍然在那里锄草。她的表情若无其事。我同她离得远远的。整整一上午，有几个邻居来过了，我妈并没有出现。

傍晚回去时，妻子告诉我我妈不见了。

"可我一直守着校工啊！"

"你真是呆板。"妻子责备我说。

妻子没有向我说出她的猜测，但我始终认为她是心中有数的。果然，第三天，我们在窝门口看落日时，我听到她说：

"有各种各样的游戏方式，你的思想太狭窄了。"

我没有吭声。她说得对，我确实不善于搞开放性的思维，我怎么也想不出我妈会到哪里去。我们世世代代栖居在这里，过了小学的围墙，就不是我们的地盘了。如果我们看到哪个头脑发昏的家伙飞到百货大楼西边去了，我们定会吓得全身发软。当没有谁会这样干，只除了一只疯鸟，他再也没飞回来。妈妈的脑子清醒得很啊。我妻子倒是有些预测力，只不过她决不向任何同胞透露她的预测。△

几天后，旁边那棵树上的邻居家里又有一位失踪了。那是一段可怕的日子，三个月里头，我们的家族只剩下了十只鸟，包括我们的两个孩子。就是从那时起，我开始眼花了。一阵一阵地，我看见到处都是重影。就连我的孩子，我看见的他们也不是两个，而是六个。只有妻子倒还是一个，而邻居，变成了一大群数不清的东西。于是，我仍然感到我被庞大的家族包围着，妻子也很高兴我是这样想，她很不愿意我因孤独而情绪低落。

然而有一天中午，他们都消失了，只剩下我和妻子。我站在杨树枝上，看见大群的小孩跑动着，他们当中也有几个成年人，这些人手中都握着长长的竹竿，口中吆喝着什么。即使像我这样不够灵活的家伙，也能感到灭顶之灾降临了。妻子冷笑着，毫不在意地啄着树枝上的一个窟窿，仿佛要研究那里头究竟有没有东西跑出来似的。我突然怀疑起来：我所看到的，是不是因为我眼花而产生的幻觉？我问了妻子这个问题。她镇静地回答说：

"正是这样，是幻觉。不过有一个顽童上树来了，他正在捣毁邻居的家。他带了工具，干得很利落。"

整个树都在晃动，我不敢往那边看。我对妻子说：

"我们还是飞吧。"

"不。"她坚定地说，"我们回家。"

"为什么这时回家？很可能他要捣毁我们的家。我们是搞不过人的。"

但是妻子回家了，我也只好紧随着她进了窝。

我俩相互依偎，在我们的家门口颤抖着。我听到了她胸膛里的那颗心在怦怦地跳。多么奇怪啊，她的心在她的胸膛里，却被我听到了，我的心在我的胸膛里，我却听不到它的声音！我的目光此刻很清明，一点重影都没有。我看到了那顶桔红色的工作帽。原来不是什么顽童，是校工。她上来了，她在同我们对视。

妻子偏开脑袋，仿佛那人眼里射出的是火焰。她对我说：

"真是意外，我从她眼里看见了你的母亲。"

什么事都没发生。她笨拙地、缓慢地下去了，我们目送她走远了。她为什么要捣毁邻居的巢？那巢已经荒废很久了啊。她是不是在给我们点颜色看？

那天夜里，我和妻子感到特别孤独，我俩都将自己的脑袋往对方的翅膀里头钻，并且都感到对方身上有很深的窟窿。但是只过了一天，我们就感到自己变得坚强起来了。我们甚至飞到操场那边去等她出现。校工却再没出现过了。

我再说说那些人吧。人越来越多了，他们都沿着学校前后的小马路盖房子。先前这里只有两栋茅屋，好像是属于两位校工的。现在呢，起码有50栋瓦屋了，里面住的都是些看不出身份的人。他们不爱说话，脸上也没有什么表情。他们早上背着一个布袋出门，男女都是这一样的打扮。我在他们的屋檐边停留过，听到他们在屋里闹腾。他们特别爱在屋里头打架，有时连玻璃窗都打破，把我吓一跳。但是只要一走出房门，他们就变得很沉默，很有隐忧了。我总在想，他们是从事什么工作？是不是生活的压力很大？

我凭直觉认为这些人对我们喜鹊比较仇视，我就对妻子说：

"你以前告诉过我不要惹那些人，你说得太对了。"

没想到妻子回答我说：

"现在的这些人已经不是以前的那些人了，我们应该同他们保持接触。"

我从来都是很尊敬我的妻子的，我认为她对我说过的很多话都是一些预见，并且后来都变成了现实。那么现在，我应该如何理解她的话？

我站在那些瓦屋顶上观察人们，偷听他们的对话，甚至在他们将随身携带的布袋放在露天酒店桌上时，立刻飞过去在它里面乱翻一气。但我的这些小聪明没有什么用，我什么都没发现，也不知道要怎样做才算同他们"保持接触"。

我发现我妻子对待那些人们的态度是不卑不亢的。她常去他们房屋附近的沟里捉虫子吃，有时还停在他们门口看公鸡打架呢。

"今天他们的生活热情又上升了。"她兴奋地向我报告。

可是在我看来，他们一点生活热情都没有。他们只有一种特殊的热情，那就是关起门来打架（也许是吵架，我看不到内部的情形。）。那么，妻子指的热情是什么？

"你真是老了啊，你没注意到油灯的耗油量越来越大了吗？"

"什么油灯？"

"就是他们家里夜里照明用的油灯嘛。"

油灯的耗油量？等于对生活的热情？我一下子明白过来了，我的妻子真了不起！试想这样一些阴沉的人们进城劳累一天，吃完饭收拾好倒头便睡，那确实算不上对生活有什么热情。而现在，他们点着油灯在家中展开一些各种各样的活动（我不知道那是什么活动）了，这的确是大变化！

为了确证这一点，我和妻子在夜里偷偷飞到那些屋顶上蹲着。我们无一例外地听到那些屋子里头响起爆炸声，有时还有子弹从窗口飞出去，在空中呼啸着。我和妻子听了又害怕又兴奋，我们又想飞走又想停留，……啊，那真是几个刺激的夜晚！啊，摔出的酒瓶的炸裂声！啊，那些奇奇怪怪的喊叫声，不像是人发出的声音！

回到家中后，妻子曾对我说过"我们真有福气"这样的话。我记得她讲这话时，我们分明感到有一个庞然大物上了我们的树，我们的巢震动得非常厉害，这种事从未发生过。我和妻子都在想同一件事，我俩都认为这是对我们偷听人的内部活动的报复。那一刻，我们本可以飞走，但不知为什么我俩都没有动，我们在窝里颤颤发抖，希望那件事快点降临。

后来那件事就发生了。我们晕过去了，但并没有丧命。我们被从窝里震出去，掉到了地上。那会是一只什么样的猛兽？

"是校工。"妻子说。

"不可能！"我叫了起来，"校工只不过是一个老女人，哪里会有这么沉重，我感觉那东西像大象。你瞧，老杨树被压断了三根枝条！"

妻子没有回答我，她在沉思，她变得有点神思恍惚了。

也许真的是校工，她那顶帽子掉在树下了。可能她是能够变形的怪物。

我又往操场那边飞了几次，没有遇见她，她大概真的退休了。

我们的巢受了一点损害，但我们将它修好了。住在旧屋里的人们白天都很安静，悄悄地进城，悄悄地归来。逢休息日女人们就洗衣服，男人们则在屋前屋后挖一些洞，但又没看见他们撒种子。我妻子渐渐融入到他们当中去了。她大摇大摆地落在他们的饭桌上，灶头上，我在心里为她发抖。

这些人对我还是很凶，当我试图接近他们时，他们脸上的表情仿佛在说我没必要在这个世界上存在。这有多么令人泄气。

我开始怀念小花园水塘边的那位清瘦的妇人。她到哪里去了？怎么会消失得无影无踪？她显然不是学校的老师，也不是同这些人一伙的，难道她住在城市里面？

那些房子是在半夜里着火的，也许是某个人闹腾得太凶，将油灯打翻，点着了易燃物造成的吧，我认为这种可能性最大。当时的情形真是壮观，我和妻子站在杨树的枝头上全部看到了。大火烧红了半边天，连小学的教室都被照亮了。怎么会有那么大的火？就像是有人往火里泼倒了大量煤油一样。更难解的是没有人逃难，街上连一个人都没看到。我和妻子都闻到了烧焦的肉味，我们发着抖，不知为什么竟有种飞往那火中去的冲动，但我们克制了。

一个小时过去了，又一个小时过去了，火还是那么旺，怎么回事？？火的色泽也在变化，开始是金黄色，后来转为红色，最后变成了——三个小时后——一种青蓝色，颇为阴森。那紫焰不知是从什么东西里面烧出来的，喷得那么高。我心里突然产生了一个念头，吓得差点掉到树下去了，因为我全身都麻痹了。

"我知道你在想什么，"妻子在我旁边轻轻地说，"我也是这样想的。这火烧的该是尸体，不然能是什么呢？"

我说不出话来，我看着那些冲天的鬼火，居然想流泪。难道我是同情那些人们？当然不是，他们也丝毫不需要我同情，我算个什么？我独自慢慢挪动着向巢里走去。就这样，我呆在巢里，妻子呆在外面，我们度过了一个恐怖之夜。

太阳升起老高了我和妻子才出巢。我们飞到那些房屋的废墟当中。火早就熄了，还有一丝一丝的青烟在冒出来。我们跳进那些被烧掉了门窗的房屋内，但那里面都是空空的，既没有家具也没有人。我妻子发出大声的感叹：

"这些人，多么的爽快啊！"

其实我也是这么想的，但我从来不能像她那样准确地表达。

看来此地会要长期无人居住了，我心里很惆怅。

我和妻子飞到公共厕所旁边的时候，看见了一个熟悉的身影。是的，那就是校工。她正在捣那些男人们挖下的洞，那些洞遍布整条街的住宅周围。她聚精会神地用耙子将那些洞里的泥土捣松。我们偷偷地飞到她身后去看，我们看到了不可思议的事：每个洞里栽着几根白骨，有粗有细，像蘑菇一样。

我受了刺激，发出"嘎嚓嘎嚓"的乱叫，止也止不住。我知道老女人向我转过身来了，她一看我，我就镇定下来了。她脸上的表情像是吃惊又像是赞赏，看来我的表现还不算最坏的，她显然很理解我。而我妻子的表情竟同她一模一样！

哈哈，我今天的故事讲得够长了吧？我先打住吧，明天再来讲。

哈金·手稿

《哈金的诗》（诗）

刊于《作品》2015 年第 7 期

冬天的……望愿

昨天街上还在排队

……那个在广场边上的雪人

……开花

隔壁那家……了

就……七顿

也会带……街了雪……雪墙

……今早收音机……

路口那户……下了几寸雪

再下五寸就……

于是我们又……地

既将来临的暴风雪……猛烈

希望它……

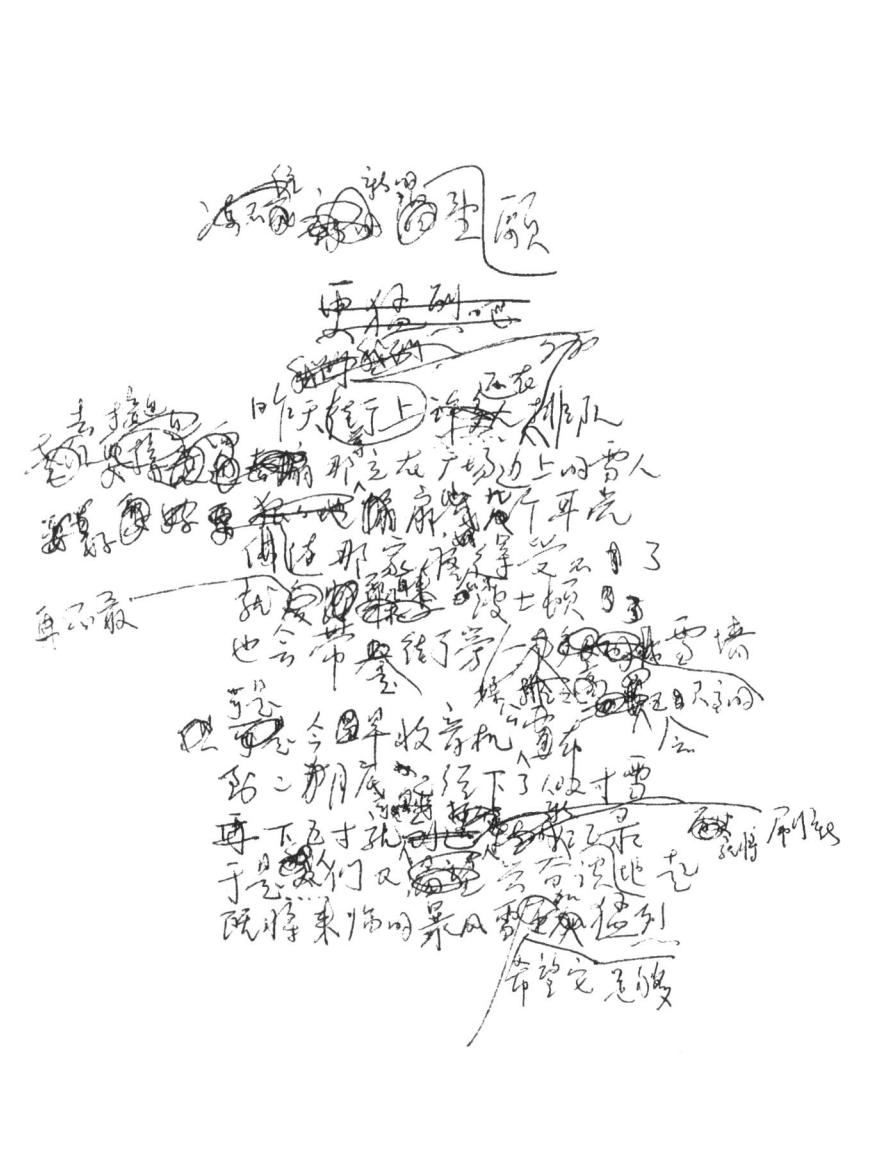

李煜

我只知道宋太宗
灭了你的国，还霸占了你的皇后
但他有什么政绩伟业？
他留下的真名是什么？
（也曾说过什么警言或妙语？）
这些我全不知道

你是最糟糕的君王
不理政事
也不懂兵法
每天沉湎于读书
建庙宇，写诗填词
弹琴[illegible]
甚至后来只能成了宋太宗的阶下囚
（是棒了 [illegible] 江山 / 不过是[illegible]你的诗行更加真切的[illegible]说）

我们还记着你的征服者
是因为你[illegible]的诗词
还有你[illegible]的悔恨和你的痛苦
也记住了你的语言
（一座座宫殿早已[illegible] / 一个个王国只剩下名字）
你的[illegible]成为
[illegible]你的诗词的注解
（就连宋太宗也 [illegible]）
[illegible]的名声
[illegible]你也留了他一个

小船

我把一只船停在松花江
停在江中心

分成上游和下游

由铁锚定在……

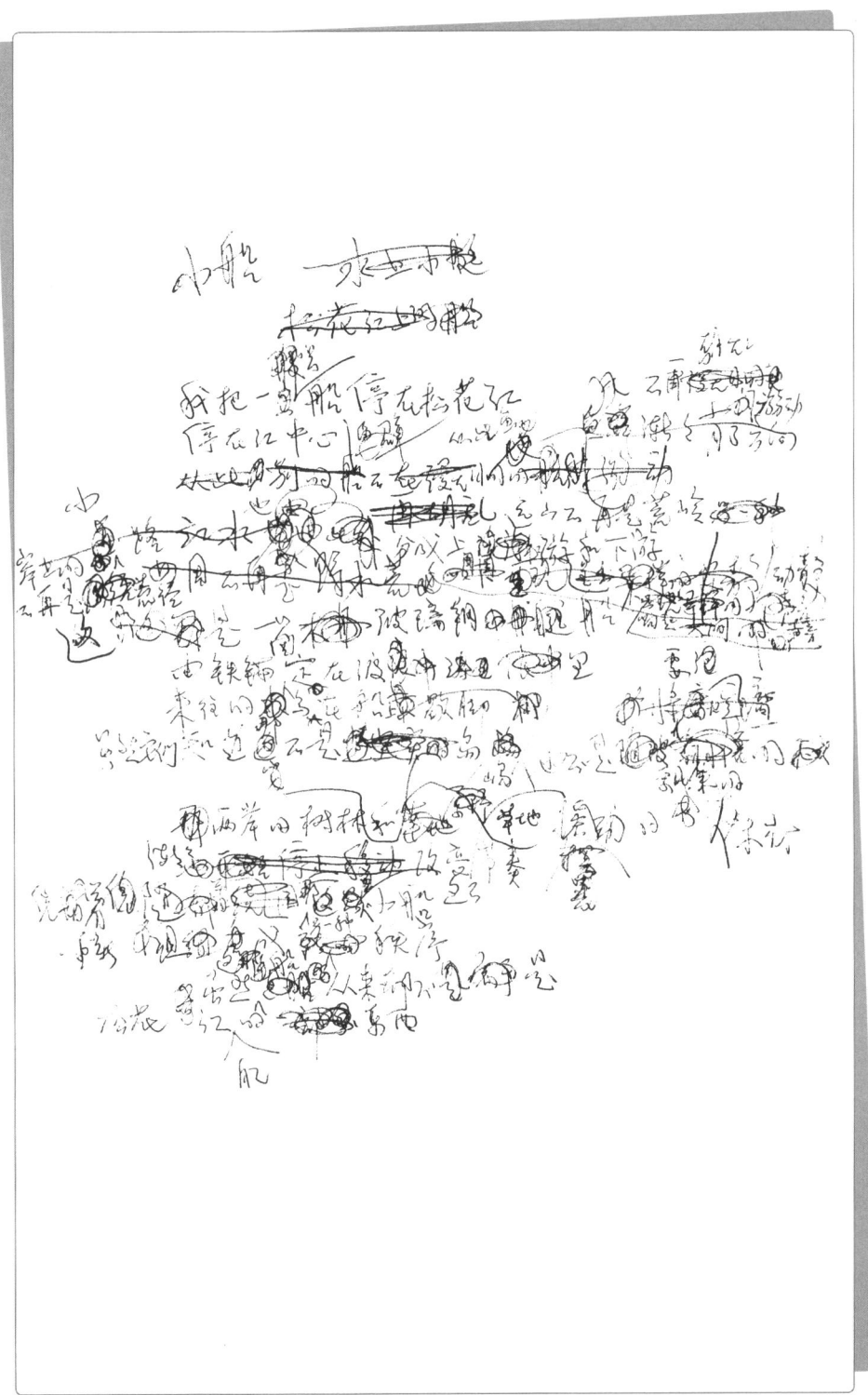

两岸的树林和草地

黄大仙

那时村里常有黄大仙
她们多是女孩和弱小的女人
一旦发起病来
说的是那黄鼠狼的口气 胡说八道
有的还手舞足蹈 象在跳大神
她们的家人跪着磕头
好把黄大仙送走
还有的手提着条帚院子里搜寻
只要能找到那只发疯的黄鼠狼
家里的病人就会安静下来

如今有人相信那是迷信
如果谁说胡话发疯
就送到医院去
找精神病医生
不过还是有人喊起：
"快去找到处把黄大仙赶跑！"
我们会冲出门去
希望发现一只黄鼠狼
它就在乱叶中手舞足蹈"

Rivers confluence

还蹦跳打滚

当会赞美 你会不得不佩服 它们的生命力

不论是在下水道或小溪里

它们都活得快乐地吹着喜地

它们欢叫起来 歌唱

让你以为是一群鸭

在远处戏水弄波

它们跳起来 像鸟一样

又要飞 翱翔 它们没有翅膀

它们也像

让你以为它们是一群

其实它们根本跳不起来

它们总像你

佩服， 试要起飞、 生不生

筝子

我有一只美丽的风筝

白天夜里它都在围绕飞翔

告诉我可以乘它去探险

它那么安全又舒服

我可以寻找...生活

像一团彩云飞翔了几十年

它已经围绕我飞翔

如今孩子还是喜欢风筝

可我已经长大成人

再也进不去了 / 只能在梦里乘它兜风

忠告

很多人喜欢引用裴多菲的诗句：
为了自由可以抛弃爱情和生命

可是没有生命
自由有什么意义
对待爱情又怎能抛弃？
上周我在芝加哥遇见一位流亡诗人
他说自己离开了祖国
不是为了自由是为了心爱的女人
那女人是中学教师
住在巴黎郊外

我们时代的悲剧是把女人变成苦难的标本
把男人
还是全心全意地爱你所喜欢的女人吧
不管她在哪里
深镇、长春、纽约、罗马、柏林
自由和爱情都为了活得更幸福

访客

大雪又封盖了我美校园
明天学校停课 都
不用去上班了 各处公路上
覆盖了[illegible]下午[illegible]的
是 那些除雪之[illegible]堆雪、撒盐和沙子
的[illegible]带来更多的生意
是他们打扫的季节
今年院子里[illegible]
那是一[illegible]底留下的
我想起你
你曾经要[illegible]佛罗里达
那里没有[illegible]冬天阳光明媚，没有冰雪
如今你去了另一个地方
那边没有风景 没有冬天
只是我不知道你是否孤单

饺子

~~The more unplanned, the more compelling~~

二十年前每回在你家吃饺子
我都要吃三十个
那时候一盘子凉菜
几只碟子都是陶瓷
我们喝着啤酒通宵聊天

十年前每回在你家吃饺子
我都能吃二十个
烧鸡香肠，好酒烟香
如今应有尽有，只是饭后
大人们不再跟我们坐在一起
他们有自己的圈子
即使不都去见朋友
也要在……看书上网

如今每回在你家只吃十个饺子
饺子其实比以前的更好吃
配菜也更丰盛
但你和我都已中年
你已经重了三十斤
也没有人再给你介绍男友
说实话我怕……
也许我猜错
[illegible]

分药

我已经习惯了她给我分药
每天十几种药分配服用 放在桌上
那是什么我并不知道

但我会按时把它们吃掉

我已经习惯了她给我分药

别的我不需要知道

我已经习惯了她给我分药

但唯一保证她在我身旁
我都知道

生病以来她对我比以前更好了
我已经依赖她给我分药
要她给我什么我不需要知道

徐则臣·手稿

《哈利路亚》（小说）

刊于《作品》2014年第7期

我住的县老小区，多少年都看不見变化的那种，
收废纸、捡破烂、送水和通下水道、拆洗抽油
烟机的来来回回都是那几张熟面孔。时间久了，
各行各业都在这里盘踞下来，外人进不来，进来了也
没好果子吃。前年冬天，我下班回来，在小区门口
遇到一个收废纸的中年女人，五十一歲，被冷风吹
得像六十开外。她正騎着三輪手扳车朝小区里张
望。前两天整理书房，正好收拾出一堆废旧的书报
和杂志，我问她愿不愿意跟我去取一下。当然愿意，
可是，"哈利路亚，"她用夹带浓重方言的普通话跟

家说，"你们小区那戴火车头棉帽的老头会骂我。"她说的是老于，蹲点在我们小区里收破烂的，走到哪腰里都别着个磨黑了的不锈钢小酒壶。那老家伙一天到晚红着两只眼，我往门口搬旧报刊的那两分钟里，他也得拧开瓶盖喝上一口。他收破烂从不带秤，扎好了提溜起来，几乎在拎起来的同时就把数报出来。我们都觉得这老家伙不地道，他的那只手短斤少两，但都不跟他计较。就点废纸破烂，仨瓜俩枣的，犯不着。他不让别人抢他生意，进了地盘他就骂。

"没事，跟我走，"我说，"我爱卖谁就卖谁。"

冬天傍晚来得早，眼看着树梢上的风黑下来。这种时候你让老于来收废纸有点难，他会跟你说，酒正温着呢，或者，锅里炖着大白菜呢。他跟居委会的什么人沾亲带故，租了一号楼的地下室住。

"那好，"收废纸的大姐扭了下车头跟在我后面，进了门警惕地看着四周，"收完了我就走，哈利路亚。"

"你信教？"

"保个平安。"她说，"出门在外得好好的，也给家里人祷告祷告，心里踏实。哈利路亚。"

每句话都要一个"哈利路亚"。从进小区到我家门前，我至少听到三十个"哈利路亚"。她是安徽人，两个孩子都结婚了，没人管她，哈利路亚。他们一起来北京收破烂的乡亲挺多，情况都差不多，哈利路亚。我们还捡破烂，城里人什么都扔，邻村有个光棍跟咱们一群老娘儿们一起捡破烂，说，啥时候扔个媳妇给他捡捡就好了，哈利路亚。他魔怔了，见着大垃圾箱就伸头瞅，看有没有个媳妇坐在里面。哈利路亚。

"捡着了没？"

"捡着了，哈利路亚。"她坚持站在门外，说鞋脏，她们住的地方没暖气，习惯了。"是个醉倒的姑娘。就两个半月前的事，他半夜到路边垃圾桶筒里找空矿泉水瓶子，那姑娘醉倒在垃圾筒旁，喝晕乎了找不着家。哈利路亚。"

"然后呢？"我把旧报刊和不会再要的书搬到门口。

"他把姑娘抱起来。抱了两分钟。问清了地址，把姑娘送回家了。"哈利路亚。"

她这这抱起来"和两两分钟"后适时地做了停顿，我弯下腰又站起来，然后又弯下腰。什么事都没有。我只是把最上面两本旧书的顺序调整了一下。有点舍不得，但家里实在太小。有几本单看起来就是很像样的书；杂志基本上都九成新，有些一页都没翻过。看书的人肯定明白有不少好东西。收废纸的大姐开始翻杂志和书，一本本地过，一部分书和杂志被扔到装旧报纸的蛇皮袋里，她马上要称出重量。剩下的书和杂志她码成一堆，开始数。然后对我说：

"这些书和杂志我可以卖给旧书摊，不能按废纸算；我给你一块钱一本。哈利路亚。"

老于不这样，什么东西都往口袋里一塞，给他套四库全书他也当废纸来掂量，当然转身他就一本本挑出来，拿到旧书市场给旧书店老板一本本讨价还价。你要跟他说，这书是好东西，他就撅着红鼻尖满嘴酒气地说：

"咱看不明白，啥好东西呀，废纸一张。"

给老于卖了几年的废书报也没这一次的钱多。"不是钱的问题，"我对同一个小区的朋友说，"郑大姐人实在，做事地道。哈利路亚。"我向很多朋友推荐这位收废纸的大姐。那次她背着旧书报下楼时，在一张纸片上给我写了个电话。"我姓郑，"她甚至有点害羞，"他们都有那个名片，我没有。哈利路亚。"老于也有名片，上面写的是：回收一切旧东西；于经理。

因为我的推荐，郑小姐的生意不错，经常来小区收朋友们的废旧物品，书报之外，旧家电旧家具也收了不少。都是电话联系，直接上门，她不在小区里乱晃，老于也就发现不了。如果不是单线联系的业务，她也只在天黑或天气特别不好的时候来小区，到各个垃圾筒里挑点可以卖钱的东西。这种时候我们的于经理通常不出门。"闲着也是闲着，"见到我她会老远就打招呼，叫我兄弟。"一个矿泉水瓶子总能赚毛儿八分的，哈利路亚。"

不知道是不是我多心，去年秋天到我家收了一次废纸后，郑大姐就极少到我们小区来了。电话也不通，拨了三次都没接，我想那就算了吧。她知道我的电话。在之前，只要是我的电话，没接到她也会给我回过来。那次卖废纸，我可能把两百八十块钱也卖了。我不太确定。前一天我在清理废旧书报，老婆催着我把衣服脱下来洗；把牛仔裤扔进洗衣机之前，我从裤兜里掏出买东西剩下的钱，应该是两百八。那天因为门窗都开着透气，穿堂风有点大，为了防止钱被风刮跑，我记得我顺手夹进了刚收拾出来的一本杂志里。然后接了个中学同学的电话，回头就把钱的事忘了。第二天上午，郑大姐上门来收那堆旧书报。

哈利路亚。我把书报放到门前就去干别的了。每次郑大姐来都这样：废旧物品放门口，她忙她的，我忙我的；她分类、数点和称量好了，叫我的时候钱也准备好了。我觉得那天她离开得有点急，说话时方言味儿也比过去重。哈利路亚。

当然，这是后来想起来才觉得的。过了快一周才想起钱的事。

老婆说："你肯定是夹在卖掉的杂志里了？"

"差不多肯定吧。"

"什么叫差不多肯定？"老婆说，"那你肯定郑大姐能要到钱？"

"差不多肯定吧。有点分量的东西她都会翻一下。"

"又是差不多。人家要是差得多了一点点呢？"

只能到此为止。老婆的意思是：要见了人家没吭声，说明不想说，问了也会说没看见；没看见你还去问，那等于怀疑郑大姐人品，向她要钱，这事咱们不能做。那当然。这事就算过去了。哈利路亚。

此后的确就见得少了。打电话不接，也不回。有时候在小区周围遇到了，不知道她看见我没有，反正她远远地就换了个方向走。有天傍晚，她在小区门口的垃圾筒里翻找饮料瓶子，我正好从出租车上下来。想避都避不掉。我想，只要她看一眼我，我就会说：郑大姐忙着呢。她的确看了我一眼，出租车停靠的地方离垃圾筒实在太近了。但她的目光在瞬间游移出去，变得茫然，然后迅速低下头，脑袋几乎整个伸进了垃圾筒里。我突然感到了难过，逃跑一般沉默着进了小区。

我想，以后不能再也见不到郑大姐了。哈利路亚。

八月的一个黄昏，我在阳台上看中关村大街堵车。雨落到马路上，所有车都在摁喇叭。只要有一点雨雪，北京就开始乱，车辆和行人就开始夺路抢跑，半夜里都可能堵车，而现在本就是堵得最结实的点儿。楼下老崔打来电话，他老婆要生了。一个常把预产期提前了两个礼拜。什么都没准备。最要命的是，给医院打了电话，车刚出来就堵得动不了，三辆车在十字路口拉成一条对角线追了尾。“兄弟，帮哥想想办法吧，”老崔在电话里都快哭了。他四十五了，算老来得子，每天三餐之前都要对着老婆的大肚子歌颂一遍幸福的好生活。“羊水都破了。你嫂子她疼得快不行了！”

“找平板车啊！”

“这大雨的天，哪去找平板车？老于这狗日的不知道在哪去喝酒了！”

我让老婆下楼帮老崔照顾嫂子，开始给郑大姐打电话。每次都响到不能再响为止。拨到第四次，终于通了。

"大姐，有急事，得用你的手板车。"

"这就来！"

这次她没说"哈利路亚"。二十分钟后，郑大姐电话，到楼下了，哈利路亚。

我和老崔把嫂子抱下楼，我老婆抱着一堆必要的杂物哩哩啦啦跟在后面。郑大姐把车准备到了她能做到的最好程度。后来她说，事不过三，我连打四次，肯定有大事，人头掉了也得接。那个点儿，那种天气，一准是用车拖人。她把自己的被褥提前铺到车上，上面蒙了一块防雨的大塑料布。哈利路亚。

真是要赞美一切神，还要赞美三轮手板车。我们经过十字路口，120的车还堵在那里，不管它的警笛如何焦虑地响，车挤车，没法让一条道让它通行。郑大姐在大雨里骑三轮车的技术非常好，见缝就钻，但绝对平稳；她把自己的雨衣给了我老婆，以便她坐在车上能抓牢孕妇的手。她冒着雨，我和老崔也光着脑袋在雨里跑，一人推着三轮车的一个车帮。

很及时，大夫说，再晚半小时就得生在路上了。

孕妇被推进产房。各种手续办下来，湿衣服已经焐干了。郑大姐坚持陪我们一起等，因为我们四个人里，只有她"生过孩子"，"哈利路亚，有事也可以照应一下。

老崔对郑大姐简直要感恩戴德，要付郑大姐钱。郑大姐连连摆手，"不不不要不要不不不能要，"都结巴了。

"大姐，这是车钱，必须拿。"老崔说。

"付付过了。"郑大姐说，指着我，"大兄弟他他付付过了！"我们三个都没反应过来，郑大姐突然抓住我的手，眼泪哗一下就出来了。她抓着我的手，憋了半天，最后说，"哈利路亚！"

2013-12-29，知春里

商震·手稿

《商震诗抄》（诗）

刊于《作品》2015年第5期

商震诗抄

礼物

给两周岁的外孙买玩具
我直接领他到卖枪的柜台
他顺手拿起一把印着花的小手枪
我让他放下
那仅是没有机关设置的塑料

我找来一把能扣扳机
有"啪啪"声响
枪口可以喷火光
还略有后座力的枪

我教他端着枪的手要稳
闭上一只眼睛来瞄准
扣扳机时要果断

我只教他学会使用枪
不会教他杀人

铁球

两个生铁球
被一个老者捏在手里
它们滚圆、表皮光滑
没有逃跑的可能
没有生锈的机会
只有被音难许的平静

四季和它们没关系了
武器与制锌和它们没关系了
老者的手掌就是它们的世界
老者的体温是它们唯一的热量
它们顺从地向左转或向右转
它们已不再是铁

偶尔，
它们之间有一些碰撞
也会发出刀枪相对的杀伐
和粮食的香气

在石家庄，黑白互见
——怀陈超

你的名字是巨大的陨石
把这个黑夜砸得血星四溅

你向黑夜交出了白发白骨
还有洁白的人生
月光清冷
大地铺满白色的疼痛
我孤零零的影子也覆盖寒霜

我有杀伐之心

我的眼睛里装满火药
闲置已久的舌头
想变成锋利的匕首

那么多好匆匆离开我们
还有多少可敬而不能撞身取暖
我的心底正承受孤单
轻柔的孤单 坚硬的孤单
顶天立地的孤单
火药和泪水不能湮灭的孤单

在石家庄的黑夜里
想到你的决绝
想到我这副没有变白的骨头
悲凉是黑夜
淹没心底的愤怒。

忘记一个名字

水是可以断流的
如泪与血液

水走了
河床张开许多唇
干裂地控诉
苍天用雾霾遮住耳朵

有几簇杂草
模仿鱼儿晃动着腰身
像河流吐出的火舌
也像为鱼们招魂的灵幡

在史册和地理志上
这原本是一条被喊做母亲的河
没有水就不河也不是母亲
是一条烂抹布

河床里藏有千年的故事
一个老头儿曾说：逝者如斯
现在逝去的是水
风景和情者
经常扬起历史的腥味

河道枯了
月光走到这里也是枯的
两岸的人
依靠惯性还把这里叫做河
那些言辞凿凿的史册
正在习惯有名无实

河水不知所踪
我们残存的泪和血液
还能流淌多少时日

立春

难得看见月亮挂在头顶
散发着幽幽的圆圆的光
过去的岁月里
我见过许多月亮
比如一双深情的眼睛
一张微笑的脸
一排洁白的牙齿
一行温暖的诗
而在今晚
月亮就是月亮

月亮只看我一个人
忽远忽近地看
细细地数着我的头发
它不告诉我它是我的月亮
也不告诉我今天立春

它是不是月亮
今晚我也把它认作月亮
有没有春风
我也认定从今天开始
我就在春天里

这个夜

游戏结束了
太阳和白云散去
天地缝合在黑里

黑真是辽阔啊
黄金不发光
鸟儿失却了喉咙

无需寻找要走的路
不用猜测他人的表情
更不操心自己的影子

年轻时，觉得月亮星星
是黑夜里一团不灭的火
现在，星星月亮撞进怀里
也是流窜的风

我站在黑里
觉得自己是一弯月亮
是一束花 一只蝴蝶
一径走过无际的春天

哦我，黑
一块躲开烈火的石炭

不是历史故事

我在漠北
从模糊的窗口向外张望
厚厚的白雪改变了天地的秩序
雪地上只奔跑亮着獠牙的狼

强大的主流
迫使鹰收紧羽翅
蜷缩在枯枝上

雪和狼
都睁大饥饿的眼睛

没有什么力量可以战胜穷凶极恶
没有哪一种色彩能征服雪

我在雪层下胆怯
像被无端训斥的孩子
不再敢看雪不能想鹰
闭着眼睛躲避着狼

夜空

星星眨着眼睛在童话里飞
月亮一会儿圆一会儿缺地飞
鸟儿一边觅食一边寻味地飞
我手里拿着没有表情的纸飞机

我曾坐在那飞机的房子里
从此地到彼地
那不是飞
是俗常生活的位移

我理解的飞
是两朵擎手散步的云
是把一个人的名字在心里默念
是把一句问候放到风里

干杯

鸟儿的歌声那么惊心
花儿开得那么耀眼
我一举手把它们装进肚里
眼前只剩空空的酒杯
嘴里不断地叫：苦啊！苦

阎连科·手稿

《炸裂志》（小说）

刊于《作品》2016年第3期

第一章

附篇

一

《炸裂志》编纂委员会名单

名誉主任：

孔明亮　炸裂市市长

执行主任、主笔：

阎连科　作家　中国人民大学教授

副主任：

孔明光　市师范大学教授，原《炸裂县志》编委员会主任

编委委员（以姓氏笔画为序）：

陈　一　市师范大学教授

何姗金　市高中特级语文教师

苏殿实　市教育学院讲师

季世世　市文化局干部　民俗学家

孔明耀　炸裂市著名企业家

赵　鸣　市文联摄影艺术家

欧阳芝　女　工作人员

杨锡成　工作人员

绘　图：

罗照林

校　对：

金菁芳

财　务：

梁国栋、党圣华

二

编纂大事记

1、2007年8月市政府决定重新修订、编纂炸裂市市志，并确定（将其《）简称为《炸裂志》；

2、2007年9月成立《炸裂[redacted]志》编纂委员会，由市师范学院教授孔明光为编纂委员会主任。

3、2007年10月编纂委员会召开第一次会议，（编纂）在原有县志基础上开始正式工作；

4、2008年3月材料的搜集工作基本完成。

5、2009年3月完成编纂初稿，并打印成册[redacted]，下放市县各部门征求意见。

6、2009年12月《炸裂志》下厂印刷；

7、2010年2月正式印刷完毕；

8、2010年10月国庆日，为使《炸裂志》流传广远，市政府决定高价聘请当地在京的著名作家阎连科对《炸裂志》进行重新编写，使其《炸裂志》成为一部旷世奇书，为炸裂由村到镇、由镇为城，再由城发展为市和超级大都市的辉煌村史立传，为那儿的英雄、人杰、人民和百姓歌功颂德。

2010年10月10日，著名作家阎连科回到家乡，正式接任《炸裂志》编纂委员会主任，开始工作。

2010年11月，阎连科提出新的《炸裂志》撰写意见，要求完全以个人方式书写志史，最终得到市长同意。

2011年2月，阎连科拟出新《炸裂志》结构框架；

2011年10月，开始《炸裂志》正式编写；

2012年3月，阎连科到香港浸会大学国际作家时完成《炸裂志》主要部分；

2012年　月，《炸裂志》完成初稿，《炸裂志》交炸裂市政府和各阶层人员阅读审定，引起一片哗然、声讨和咒骂，也成为炸裂私传私阅的一本怪志奇书。

2013年，《炸裂志》最终得以在国内　　出版社和台湾　　出版社、香港　　出版社同时以华文出版，而炸裂市领导、干部、机关、百姓，上上下下，知识分子与民众，几乎全部拒绝认同这部荒谬、怪诞之史志，从而掀起前所未有抗史之大潮。

三、

主笔者预告

尊敬的读者，我将从这次写作开始，以尊敬你们为己任。

[redacted]读者们，在这儿，我将第一次用我真诚

生活，也背弃了你们，用作家的真情与愤怒招引了批评家和文学史的青睐。在这次写作《炸裂志》时，我顿悟了这一点，发现了这一点，明白了炸裂的生活是这样而非那样。中国而别 我承认，在《炸裂志》之前的写作，全部都是失败的累加。当然，这样说并不等于我在宣称《炸裂志》就是成功、伟大的写作。而且，它有可能是更为失败的努力。是我一生写作的崩溃或毁灭。我为这次写作提心吊胆，胆战心惊，冒着巨大的风险。因为，我无法抵抗他们请我来写《炸裂志》那五百万元的许诺和诱惑之后，[redacted]资 他们再在北京为我购一套豪宅的[redacted]诱惑。[redacted]

我成了金钱的俘虏，你们的敌人。但我也将为你们呈现一种新的真实，一种被庸常[redacted]视力所不及的社会、人群、家族给你们。在《炸裂志》的书写过程中，我发现了一种新真实。中国式的存在和真实——真正的真实，一如一块铁锤落在石头上的声响，决然不同于落在木头或泥土中的微沉。我提醒你们，亲爱的读者，当你们捧起这部《炸裂志》开始阅读时，如果你们依旧怀有那种阅读虚构小说的心态，我将与你们不共戴天，鄙视你们，嘲笑你们，甚至视你们为低能的痴白。但如果从《炸裂志》的阅读开始，你们把此前关于真实的认知，推倒得房塌墙陷，天翻地覆，那你们就是真正书本的上帝，一切写作者的父母了。

志史的写作，我将在写作中跪着或跪天。请注意，写作开始了。真实开始了。《炸裂志》将[redacted]黄土泥巴样呈在你们眼前了。（将如流水

第二章
舆地沿革

一

自然[redacted]村

宋

北宋之时，京都汴梁（今开封）以西350公里为古都洛阳，洛阳往南70公里为嵩伊县，县中伏牛山间，主峰旁侧后地燃，火山喷发，始人们不懂地质，谓之地炸。火山周边民众，[redacted]纷纷外逃生存。有人从炸裂口外逃往数十公里外的耙耧山脉，耕地劳作，久居为安，渐成村落，始称炸裂村，为之因地裂生存而纪念。

元

村落初成，人口近百[redacted]，因炸裂村前有伊河之水，后有耙耧山势，村前平地开阔，始有农人开始到炸裂村相聚，以物换物，以钱两购物，而成乡村小集微市。

无需赘言

炸裂村人口大壮，五百余口，集市因成，每月[redacted]初一、十一、二十一为乡村赶集市之日。人们自给自足，劳作饮食，生存良好，倒有桃花园人生之旷味。

清

清朝有盛至衰，中原兵变四起。李闯王兵围河南，曾在炸裂与清军交战，使炸裂及炸裂周围村民遭劫遭洗、杀掠奸淫抢掠，加之曾经连年大旱，稼禾无颗粒，百草无花开。于是炸裂民不聊生，逃难西去陕西、甘肃及新疆，村庄几无人烟炊灶，近于灭村毁土。

民国

炸裂再有兴盛之因在，[redacted]人去[redacted]人回，村庄再旺，人口重兴。据当时县志载，炸裂人口数百，因近水近物，又成耙楼山脉一集市村落，风尚勤俭，民生良好。就是到了军阀混乱，这儿也因地势偏僻、多都不经吵闹，不知郑州二七大罢工为何事何物，不知老兵革命和者内变故。但在民国中期，因外国人发现此地大煤矿，有铁路从此伸过来，在二十里外设下车站，这儿便消息灵通，物流便利，自然村落逐渐失去，成为社会村落之组成。村中有人为官，有人为商，更有文人学子去开封、洛阳，后又投笔从戎，参加共产党，加入为公和郑城国民党。村中流传的是姓氏二弟，哥参国民党，弟参共产党，先是同

生生不息，
当时
举世
耳旁
雨顺
岁月
盛而

设中兄弟相见，彼此抱头痛哭后双双开枪打死对方的悲痛故事，实则有其事，也常不断被后人演义小说，改编电影，此不赘述。但此故事正映了炸裂村由自然村落向社会[redacted]村庄转变的不可逆性和必然性。

二、

社会村（一）

1949年新中国成立。炸裂村的历史就是一部新中国发展、振荡的缩影史。它历经了中国的土地革命和打土豪、分田地的陈年与往事，曾经有过把一户宋姓地主的三个妻妾分给三个长工的真实发生，其中一个姓孔的长工——孔明亮市长的祖爷爷，分得了地主的三姨太，抱到床上[redacted]，不敢去碰她。[redacted]（内容[redacted]），只是跪在床下，一直磕头至东方，那三姨太感动后他人太过厚诚老朴，才下床把他拉到床上，还帮他解带宽衣，安然他躺到后[redacted]身上[redacted]。自此，在炸裂[redacted]，才有了孔明亮的父亲孔东德，有了这一脉孔姓的后人和《炸裂志》的[redacted]壮烈[redacted]与传奇。解放后，分析出把分给农民的土地重又收归集体之合作社，使孔市长的爷爷[redacted]坐在田头[redacted]嚎啕大哭，而他的奶奶三姨太，却只是在那田头上挠着头发笑了笑。[redacted]炸裂之"哭笑"也就源此而初形（详有下述）。接下来中国的"三反五反"①，炸裂村有人把山野的森林砍了，[redacted]就被判刑。孔东德把合作社的农具不慎开始就被迷进了狂热[redacted]到了大跃进，大炼钢铁。炸裂大队是全县的模范试点村，家家都有一个炼钢火炉，成为了"家家有火炉，革命齐带头"的光荣村。村支书朱庆方（朱熹第二十一代孙）还曾代表全县到省里介绍经验，佩带省长下发的光荣花。在多快好省建设中，县里要求各大队亩产不得少于五百斤[redacted]，炸裂大队上报八百斤，要求一千斤[redacted]，炸裂上报三千斤，直至八千斤，成为全省的"火箭村"，被中央命名为"社会主义建设农村模范村"。

看落到炸裂

1961年，"三年自然灾害"[redacted]时，炸裂村共有972[redacted]口人，饿死313人，殍尸遍地，坟茔丛生，[redacted]且至今无人知晓此除世占总人口的三分之一，造成惨剧（之）。因《炸裂志》的篇幅要求，这里我不详述，之后我会为此另写一本特殊炸裂村在所谓的三年自然灾害中的详实记载，取名为《炸裂饿殍记》，以飨读者。（记）

1966年，文化大革命开始，炸裂大队再次进入最轰烈烈的乡村革命队伍中，终于以孔、朱二姓，形成炸裂两大派系，而第三大姓程姓人家，则为坐山观虎，平静司月。革命在炸裂成为了宗族斗争。宗族矛盾，演变为阶级斗争。十年革命，十年争斗，有人死去，有人坐牢，有人精神失常。孔明亮的父亲孔东德，则因自己的对[redacted]上告公社，再报县里，

李朋

的背
冀树
来，木
成过
他又
那一大
上
[redacted]
庆方

来，悄然回村，炸裂村便掀开了新的篇章。《炸裂志》则有了新的落点和起笔。

三

社会村(二)

初冬好节，天寒地冻，树都枯僵含着。人都猫在屋里。麻雀在檐下[redacted]团团缩着，偶有嘤鸣之叫。整个炸裂，都被宁静，沉没安息。

也偶有鸟泣之音。

[redacted]

孔东德从狱里回来得突然，在家里有[redacted]一月未曾出门。炸裂除了孔家子女，也无他人知晓。他已六十二岁，十二年的牢狱，没人知道他在哪儿坐刑，也没人知道他在坐狱做了什么。自一月之前，他半夜[redacted]敲门，带回来满屋的霉味和妻儿们的满面泪水，返家就是他的沉默，一言不发。除了说他想喝些什么，其余没有丝言片语。他是孔刑，都以为他已[redacted]死了，可他却活着回了。头发全白，人瘦得枯如冬枝，若不是眼珠会动，坐那就如死了一样。可在孔家的满月之后，他的脸上挂了活人气色，[redacted]把子女们[redacted]叫到屋里床前，

"——土地要重新分给农民了，可以重新经营做生意了"

——[redacted]光了，该我们孔家天下了。"

四[redacted]个孩子望着他，如一群都已长成的狗，[redacted]，老大孔明光，老二孔明亮，老三孔明耀，老四[redacted]孔明辉，排儿站在床边上，[redacted]而床下生着的一盆火，桐木柴的油味香，在屋里弥漫飘散，把所有人的脸都抹下淡黄润润的光。孔东德的话音，回头望着六十二岁却如老古稀七十、八十岁的人，那微豆圆的眼睛，死而弥漫着黑的粒白和亮然，在孔东德的头顶上，把它半寸长的尾巴摇得如见了主人的狗一样。东西墙角的蛛网上蜘蛛也听懂了孔东德的话，朝着这边望着呢，因为把头抬得过高，将它的肚子都翻出来了。

"都出去，"孔东德[redacted]这样说着，一个月来从来有过的笑，像金[redacted]样贴在他脸上："你们现在都出去，朝着东西南北走，别回头，一直走，碰到啥儿捡起来，东西就是你们这辈子的命道和日子。"

谢有顺·手稿

《致卫东先生》（信札）

刊于《作品》2017年第6期

衡東先生：

日前所論話題，我並不完全贊同您的意見。文學的力量，有時未必來自聲嘶力竭的吶喊或鮮血淋淋的批判，而更多來自對生命的理解，對人類生存處境的同情。好的文學，總是力圖在

①

命有了解，覺得實在可悲憫可同情，所以對人的過錯，口里雖然責備，而心裏責備的意思很少。他所犯的毛病，我也容易有。確實，有同情有忏悔，能公正地對待人世，能發現人心裏那些溫暖的事物，這樣的文字才編得上在精神上已經成

③

生活世界和人心世界這兩個場域裏用力，以對人類存在境遇的了解，對人類生命的同情為旨歸。

文學的心大一些，應該事關生活，通向人心。而你對世事人心越了解，就越覺得人類真是可悲憫的，如果歎眞所說：我對人類生

②

重大的不是：西方的文明沒有學到，中國自身的老底子又几乎丢光了，精神上一片茫然混亂，這些都不可能不影響到文學寫作。

創造偏鋒、心狠手辣的寫作確實已經不新鮮了，我更願意看到一種溫暖寬大的寫作，

⑤

人。沒有精神成人，寫作就如同浮萍，隨波逐流，少了堅實穩定的根基，勢必像洪流中的泡沫，很快消失。

五四以來，我們幾乎在文學作品中看不到成熟健旺有力量的心靈，就在於二十世紀的中國人，在精神發育上還丕

④

写作。

现在许多作家，不仅普遍缺乏信念，甚至把技术搞得精细些的抱负都没有了。一个作家，如果对文学失去了基本信念，对语言失去了敬畏，对精神失去了追索的勇气，对灵魂失去与之一同悲伤

⑦

看到在寫作上敢於肯定的作家。在一個價值被顛倒踐踏的時代，展示欲望、書寫黑暗經驗、玩味一種竊竊私語的人生，早已不再是寫作勇氣的象征，相反，那些能在廢墟上將潰敗的人性重新建立起來的肯定性的寫作，才是值得敬重的

⑥

為此在他們的作品中，總能讀到一种或隱或現的怨氣，甚至是怨恨。而作家心中一旦存着怨氣，他就很難持守一種沒有偏見的寫作。因此，如何重鑄一種文學信念，並重新學習愛，使自己變成一個寬大、溫暖的人，這就

⑨

一個歡樂的誠實，你又怎能看出他寫出真正力量的作品呢。

當代中國的許多作家，在骨子裏其實並不愛這個時代，也不喜歡現在這種生活，這個世界，他們對人的精神狀況，更是缺乏基本的信任，

⑧

是我理解的公正。饒恕一切，才能超越一切。畢竟，太陽照好人也照壞人，老天下雨給善人也給惡人。只是，又有多少人能看透這一點作倫理呢。

讀完兄的小說，一些感慨，供兄一笑。

有順

二〇一五年十二月五日

⑩

雷达·手稿

《快乐即自足》（散文）

刊于《作品》2017 年第 9 期

快乐即自足

雷达

我曾一直不明白，人文主义者伊拉斯莫在《愚颂》中的一段话，何以不断被引用："如果一块石头掉到你的头上，你一定会感到疼痛，但是，羞愧、耻辱和诅咒只是在你感觉到它们的时候，才会感到它们的存在，只要你不去注意它们，它们不会打扰你的。只要你能自我赞美，又何必害怕世人的讥讽嘲笑？愚蠢是打开快乐之门的唯一钥匙。"

我起先以为，这不过是阿Q式的精神胜利法，或者鸵鸟策略。但后来渐渐有些明白，这其实在赞颂人的理性的力量。所谓愚蠢，乃正话反说，它要说的是，只有人才会意识到自己的存在，具有主观自觉和反思能力，能发现和识别自身自然的异同，有决定自己幸福的能力。人的快乐与否，主要不在外物，而在人自身。亚里士多德有言："快乐即自足"，大意近之。

你走在大街上，或独处一室，忽然想起不平之事，可恼之人，不由怒火中烧。你在想象中与之争辩，激烈时甚至幻想挥出了老拳，其时，风清月白，四野岑寂，世界一点也未察觉你的沸腾，对你不理不睬。同样，你忽然想起快意之事，心仪之人，高兴得合不拢嘴，走路也喃喃自语，其时，车如流水马如龙，世界也未察觉你的亢奋，对你不理不睬。可是，前一种愤懑使你自伤，后一种愉悦使你舒畅，你该选择哪样呢？

时间是最具魔力的涂改液。愤怒之后，便是一点点的化解，旋即被新的情绪取代，人不可能永远生活在情绪中；焦虑至极，便是一点点的遗忘，发现等待你的并非焦虑中想象的情景，人永远都不可能预知某日某时你的情绪是什么。既然如此，人为什么还要情绪，焦虑？

感觉和观念是永远拆不开的连体兄弟，感觉在先，观念在后，但观念又不时干扰感觉，感觉也会诱发新的观念。倘若去想不平、不快、不幸的事，死钻牛角尖，最后你会大哭，以为世界的不平全降到你的头顶；相反，还是同一个人，还在同样地方，还是你目前拥有的一切，倘若去想快慰之事，知足而乐，自我欣赏，会越想越兴奋，由是终不禁到开怀大笑。比如，一位最成功的作家，要哭也能哭，他会想，这么多年了，还没写出传世之作，诺贝尔也没得上，真是窝囊废哪，唉，真是白活了，于是悲从中来大哭了一场。当然，要笑也就笑，他只要想，生而为人，著作等身，比起芸芸众生，真是风光占尽，贡献卓特，于是喜上眉梢，哈哈大笑。

所以，伊壁鸠鲁哲学未必没有一点道理，他们认为，身体无痛苦和灵魂无纷扰乃是快乐的理由。可惜，如今人人都觉得自己活得艰难，艳羡别人活得滋润，说，看他多自在。其实，快乐不在房子多大，级别多高，存款多寡；不在为一时的虚荣牺牲生命的需求；也不在将终生幸福悬之于一个高位。快乐在于自我感觉。浮士德沉浸于美好瞬间时说，"留着吧，你，你是如此美妙"；注重提高每一瞬刻的生活质量，就叫快乐。

快乐的大敌是给自己"垫砖"，把自我"拔高"，以为自己如何伟大，别

人只配迎合自己。一旦把自己架起来，端起来，世界就变色变味了，快乐就地遁了。

1995年3月23日

写于北京

缩略时代

雷达

我想为今天的时代寻找一个印象式的命名，却一直找不到。有一部著名的长篇曾用了"浮躁"的题目，意在隐括时代，在当时，尚不失为一种智慧的概括，可是现在还用"浮躁"已不够了。我想到两个字，叫做"缩略"——缩者，把原先应有的长度、时间、空间压缩；略者，省略、简化之意。称我们当今时代是"缩略时代"，也许更准确些。

在今天，缩略现象几乎俯拾即是，连语言也在缩略化。比如，出租车日益普泛化，总用"的士"称之太麻烦，就缩略为"的"，坐出租车叫"打的"，还管两元钱一公里的皇冠车叫"豪的"。又如，当今情人现象是一部分人公开的秘密，见惯不惊，女方便被简称为"签"，乃如此书的嬗变与升格。"钱"这个词的使用率高到不能再高，反复出现，也有略之，简称为英文字母"T"，手拿装钱的红包送礼，叫"托T"，形象传神。倘若用心搜集，这类缩略语可开出一大串。

其实，言语的缩略化，根子还在生活本身的缩略化。比如，爱情是美好的，是超乎功利之上的两颗心的热烈融合，是需要细细品味的灵魂和音乐；但是，太缠绵了，太古典了，太叫人等不得，于是压缩之，尽快转化为"性"，遂有人发出"爱情死了"的悲鸣。友朋之情，患难之交，师生之谊，本该作为一个长期的情感过程长期互相扶助，但这过程太稳定，太古典，太磨人了，不如压缩之，直接甩出千把元"找齐"，人情债一笔勾销，当晚即可安心入眠。翻大部头的著作，犹如在人类思想的宝库，固然充实，但是太累人了，太不见实效了，不如转化为看看影视，翻翻图册，省却多少麻烦。哲学、史学、经济学、文学、美学等等，源远流长，研究起来太费劲，不如转化为通俗读物，白话今译，生意入门之类小册子，彼此都方便。一部作品问世了，对它的评价原本要经历一段逐步认识和检验的过程，但是现在的人觉得太漫长了，太容易被冷落了，太不醒目了，于是研讨会和发布会这类新形式出现于当今时代，致使从写书到出版再到盖棺论定，一步到位，被缩略为一个极短暂的过程，可事后谁也顾不上再理它了。这种方式已成为作者和出版者自救的方式，没有法子的法子。甚至，连人生必经的过程也全缩略化。本来，人生各阶段各有韵味，童年稚气，少年多梦，青年血勇，中年多思，晚年多忆，既不能互相替代，也无法相互超越，可是现在的人觉得这过程太按部就班了，不如压缩之，重点是压缩童稚期和多梦期，尽快转化为挣钱、赢利，人于是因此而早熟，提前实惠化、世故化，心灵由此而提前苍老了。

"缩略"是功利的赶路者与时间搏斗的一种表现。就说文学吧，我们仅用了十年光景，便把现实主义、现代主义、后现代主义，全部演练了一遍，人家的一百五十年，被我们缩略为十年，世界文学一体化的大工程便告"完成"。再说消费吧，我们刚刚购到一辆新自行车高兴了没几天，旋即卷入了谈论购买私人轿车的热浪中。工业化还没实现，就大做起后工业社会的梦。

也许，赶路人自有不得不如此

的普遍，缩略乃时代潮流使然，其中不乏积极因素，但从根本上说，所谓缩略，就是把一切尽快转化为物，转化为钱，转化为欲，转化为形式，直奔功利目的。

缩略的标准是物质的而非精神的，是功利的而非审美的，是形式的而非内涵的。缩略之所以能够实现，其秘诀在于，把精神性的水分一点点挤出去，就像压缩饼干似的，卡路里虽已足够，滋味全然没有了。古人云，"贪看名山者，须耐仄路；贪看月华者，须耐深夜；贪见美人者，须耐梳头"。而缩略者恰恰缺乏这种耐心。物质过程与精神过程，功利过程与审美过程，原是两种不同的节奏，需要互济互补，现在只求适应第一种节奏，第二种节奏便失去了位置，被缩略了。从哲学上看，缩略的依据是实利主义：

凡能直接获益的就是好东西，重要的是能对我有用否，有什么用？追求藏诸名山，传诸后世的永恒，那是傻子的价值观；理性精神和深刻的思考已成多余，当务之急是应付一个个生存问题。于是，我想起"物的世界的增值同人的世界的贬值成正比"这句话。

省略有危机吗？当然有。表面上看，好像问题解决了，过程省掉了，棘手的矛盾绕过去了，一个跟头翻出十万八千里；但绕过去的终究还得绕回来。省略了不该省略的，早晚会找麻烦，看不见的精神会向看得见的物质讨回代价，这就叫"补课"。问题的症结在于，对历史来说，省略的缺失自有补偿的方式；但对一次性的短暂人生来说，失去了的往往难以找回。这是生命面对历史的无奈。

1994年12月8日写于北京

鲍十·手稿

《平原的日子》（小说）

刊于《作品》2016年第11期

后窝棚

后窝棚依旧叫着后窝棚。

后窝棚是老名儿。以后曾经叫过东风屯，叫过团结屯，都没叫住。还是后窝棚这三个字，叫下来了。

八月节已过去了。庄稼已经长成，再过些日子，就该收割了。这几天是空闲了。说是闲，却也闲不下来。土豆长成了，要收土豆；白菜也长成了，要收白菜；黄烟叶子也长成了，还要收烟叶；青萝卜、红萝卜、小辣椒，也都该红的红，该绿的绿，也都要收的。

在收青菜的时候，后窝棚的人们还忙着收菜。

一年四季，后窝棚的人们，基本没有空闲的日子。

秋天的太阳远远地升起来了。那日是明丽着，清新着，被秋风吹得在空中东排西落猪队儿。

吃过早饭的时候，老张家开始渍着酸菜。院子里放了几块木板，木板的两头用土坯垫着，一头垫得高些，一头垫得低些。木板的纹路十分的粗糙。院子里跑着一些鸡，还有几只鸭子，还有两头小猪，一头是带斑点的小花猪，一只是小黑猪，小黑猪十分的黑，毛发是油亮油亮的，两只小猪在土墙边上用嘴拱着墙根儿。

老张家院子里，现在是两个人，一个是老张家的男人广富，一个是他的女人桂芳。他们还有两个孩子，一个女孩子，一个男孩子，女孩子十二岁，男孩子九岁，都上学去了。广富是个矮个子。穿一身蓝色衣裤，衣服是四个兜的，有一个衣兜翻到外边来了，它本是白布的里布，看起来油乎乎的了。广富个子矮，还瘦，脸上像霜打着茄子，眼睛却显得很大，很黑很亮的，是一双机敏的眼睛。和广富相反，桂芳却高大得多，比广富高出有一头了，也胖一些，脸蛋是红扑扑的，胳膊也粗很多，白胖胖的。

广富家渍酸菜，是先要把剖干净的白菜放到热水里烫一烫，然后拿到外边去，码到木板上，把水控干净了，再放到缸里去。烫白菜的活儿是桂芳在干着。挽着袖子，露着两截白白的胳膊。手上拿两根木棍儿，把白菜插进水里，浸一会儿，再又出来。屋里升腾着水气。水气浸进她头发里，就成了水。桂芳又烫又着，桂芳腾出一只手把头发抹了一下，好了，头发沾在她的额头上了。

捞出来的白菜，捞出来就放进一只盆子里，等捞到满满的一盆，就端出去往木板上码。这端白菜码白菜的工作是广富在干的。广富倒腾着两条瘦腿，一会儿出屋，一会儿进屋，出屋时端着盆，进屋时拎着盆。~~进屋把盆往锅台上一放。~~

“我说，你快点儿中不中？你这样磨蹭，是要折腾死我吧？”又一次进屋的时候，广富对桂芳说。

桂芳下狠力往水里插一插白菜，那白菜竟十分犟王，插也插不进去，一插一浮动，等到掉过去了，才抬起头来，广富这时已经又一次拾个空盒递来了。杜芳瞅着广富。广富不知道杜芳要什么，等着。

"撑你个好的！"没出门杜芳骂出来了，又把书往木桩一丢，又骂："懒的你！一个大男人，干这么点屁活儿，还嫌累了！……"

广富听了，急忙端起一箩白草，出门去了。竟再也不吱声了。

晌午了。

屯里的土街上，响过一阵脚步声，也有车轮在坑坑洼洼的路上碾过的声音，也有牲口打响鼻的声音。有一个人哼着歌子，哼的是从电视上学来的什么插曲。

有人打断了歌子，高声问："二黑子，看见我们家的三丫没有？"

被叫做二黑子的哼着歌子的人说："看见了，正在地里收拾着呢！……"

二黑子已经听出是谁的声音了，却还没看见人，他抻着脖子，才看见她正在她家的园子里。她家的后园子正对着街，后墙根上栽了一溜却条子，柳条子的叶子还没有落，还浓浓密密的，挡着人的视线。她就站在那柳条子的后面，一手拨着树枝，从拨开的缝隙处，露出了她俏俏的脸儿。那一双笑笑的眼睛，流水似的，流出来。

二里子马上大着嗓门说："三嫂哎，我三哥让我给你捎个话儿呢！"

二里子说完，也着开脸，双手扒开柳条枝，一猫腰就进到后园里去了。

三嫂说："他让你捎个啥——"

话没说完，人已被二里子放倒。二里子一边手下扯着她的裤子，一边说："啥？你说啥？……"

三嫂咯咯一笑，马上在下声音说："你个死鬼哎——"

等二里子站起来系腰带时，三嫂还半坐在地上。二里子听三嫂说："你那个死样，到这会儿了我，还黑眼睛似的……"

二里子回头一看，见三嫂眼睛里正有一汪泪水，正要流下来。

三嫂又说："小五和我有个表妹，还没找婆

来。有空我过去一趟，给你说说。三十大几的人了，也该有个女人啦！你那个孩妈……"

三嫂说话的时候，二黑子正往墙那儿走着，跳在墙上，使劲地一纵，一翻身，跳出墙去了。三嫂骂了一声，不知骂的啥，骂完了，站起来了。

三嫂刚站起来，我听见了前边的房门响。三嫂急忙往屋里走。三嫂知道是三哥回来了。三嫂说："我上后园里抱柴。"

三哥说："饿死我了。"

三嫂说："饭早好了，我这就放桌子。你快洗把脸吧。"

三哥说："小玲还没回来吗？"

小玲是他们的女儿，九岁了，上学去了，跟广富家那个男孩子一个班。

三嫂说："还没呢。该也快了。别又是在道上玩呢！"

说着往墙上的挂钟看了一眼，已是十二点了。

三嫂手指相互揉搓着，说话间，饭菜早已端

到了桌上。三嫂好看的眼睛，笑着对三羊说：“吃饭吧！”

中午饭是小米干饭和土豆汤。三羊脱了鞋，刚要上炕，忽然听见外边传来一阵吵嚷。三羊说：“听听，吵吵什么了哪儿？”

三嫂也听到了，说：“呀！是有人打架吧？”

三羊又把鞋穿上了。三羊和三嫂脚跟脚的，一齐走出门，来到街上。原来不是打架，是有一伙人回到老家来了。这伙人的身后，跟着一些小孩子，是那些离了乡的孩子，有广富的两个孩子，也有三嫂家的小孩。大家吵吵嚷嚷的，原来都是……的样子。有的孩子对那伙人拍着手，乱糟糟地喊着说：“那来，那来……队长的来！”

其实早就不叫队长了，孩子们都一直这么喊。

广富和桂芳也听到吵嚷声了。当时，他们正在往一口大缸里放着腌渍的白菜。缸里放着一层白菜，放一层，再撒一次盐，撒得实实的。广富家渍菜，撒盐一般都是桂芳。桂肥肥壮壮的身体，一脚一脚踩得扎实，踩得白菜唧唧直叫。

桂芳边踩边说："你说你还叫个男人，浑身没有二两肉。你说你还叫个男人啊！……"

广富笑嘻嘻地，抬头瞅着桂芳，并不说啥。

就是在这时候，他俩听到了吵嚷声音。桂芳说："听听，咋回事儿？"

广富说："呀！是有人打架吧！"

桂芳赶紧从缸里跳出来。广富已先自跑到街上去了。桂芳随后也跟了出来。

确是有人打架。听声音是在屯东头。好多人都听见打架的声音了，都跑出了院子，都站在院门口，朝打架的方向看。并不能看出个究竟，也听不出谁跟谁来。我都离开院门，朝屯东头快快奔过去。有几十号人，都围在那儿看着。

才看见打架的人。原来是曹玉芳跟赵二太太，都胖子粗壮红脸，在那儿吵。只听见吵，还听不出为什么吵。有人走过去拉架。

曹玉芳说："你别拉着！你看我不揍扁这娘们儿！"

赵六大大说："你别拉着，你让他揍！他要是敢动我一根毫毛，我让他倾家荡产！"

人们一看，似乎也知道谁是谁非了，但到也不知道为什么。人们心里自有一杆秤。在人们心目中，错的肯定是赵六大大，因为这老大大在屯里打架是打出了名的。她总是打架。大家都已知道有人好心劝说过她。旁观人的是非观念，并不是没有个准确的说法的。

看打架的人是越来越多。那时放了午学的小孩子，也不着急回家去了，都挎着个书包，挤在人丛里。有的被前边的大人挡住了视线，就左挤右挤，挤到人前边去了。

曹军本是个烟脾气，平常不大爱说话，一但凶起来也真是吓人。不知赵六大大是有点害怕，还是真的理亏，别人一拉，就拉开了。

最后，是赵六大大被人拉出了人丛，回家去了。

人们到底也没弄明白曹军本和赵六大大为的什么打的这次架。

街上的人，陆陆续续地也都回了家。

街上一下子就空了。好像什么都没发生过。

正午的日光照着一片静谧。

三哥和三嫂回到家里开始吃饭。小玲也回来了，把书包往炕上一扔，也开始吃饭。

广富和桂芳折了菜把一缸白菜封了缸头。

黄昏的时候，几个小孩子在街上玩着。大人们则忙着，有猪的喂猪，有鸡的喂鸡。广富趁这个时候，准备把闲置有多久的。

天很快就黑下了。

广富一边脱着衣裳，一边对桂芳说："咱个儿，咱们把土豆封了吧！……"

三哥早已经躺在炕上了，等三嫂也上了炕，三哥便将身子一挪，挪进三嫂的被窝里，三哥说："来呀！……"

起初，三嫂强烈地推着三哥。推了一下没推动，也不推了。三嫂叹了口气，仰面躺好了。三哥便一翻身趴到了三嫂的身上。三嫂哼了一声。